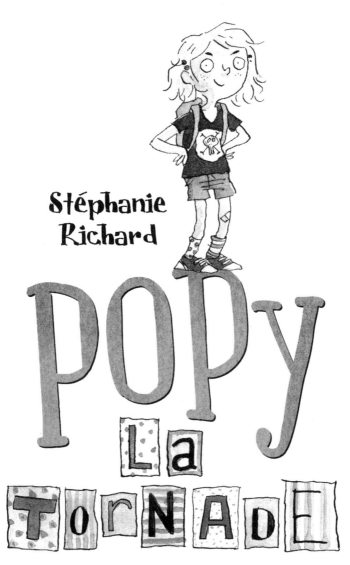

Stéphanie
Richard

POPy
LA
TORNADE

Illustrations de Joëlle Dreidemy

Pépix

ÉDITIONS SARBACANE

Pour Thelma, ma Popy à moi
que j'ai et que j'aime.

À Marie.

1

Pour que tu saches qui c'est, MA FAMILLE.

Lui, c'est **Papa** !

Il est toujours bronzé – c'est pas la mer, c'est les UV. Les UV, t'as qu'à imaginer une cabine avec du soleil pour de faux qui fait que tu deviens marron bizarre. Comme papa est journaliste à la télé, faut qu'il s'y colle deux fois par semaine, *hé oui ma pauvre chérie, si tu crois que ça me fait plaisir de m'enfermer dans ces boîtes à sardines !* qu'il dit. Il travaille dans une chaîne que personne ne regarde (sauf moi parfois, mais vraiment parfois, hein), « **ACHAT +** », où il présente des trucs incroyables comme la brosse qui tire pas les cheveux ou encore le grille-pain à biscottes. En général, il teste ses machins à la maison et franchement, pour la brosse, ça le fait grave !

Papa, son truc dans la vie, c'est d'être amoureux. Mais comme c'est compliqué de rester très amoureux très longtemps, il change d'amoureuse assez souvent. En ce moment, il est avec P'tite Chose ; mais avant, il y a eu Sushi et Madame Pouet. Encore avant, c'était Maman (la plus chouette de toutes, comment ça je suis pas objective ?) ; et encore encore avant, Marjo, la mère de mon grand frère.

L'autre truc de Papa, c'est que non seulement il aime bien tomber amoureux mais en prime, il faut qu'il fasse des enfants ! Résultat, on est quatre. Dans l'ordre : mon grand frère La Carpe ; ensuite, moi ; et on finit avec mes deux sœurs qu'il a eues avec P'tite Chose : Minus et la petite dernière, Plume.

Je sais, faut suivre !

Elle, c'est **Maman**.

Maman, elle crie jamais. *JA-MAIS* ! Oui, je me doute que ça doit te faire bizarre de lire un truc pareil, parce que je vois bien, les mères de mes copains-copines, elles crient plutôt beaucoup… mais la mienne, non. Si elle est hyper fâchée, elle lance un truc du genre : « *Je m'attends à une autre attitude de ta part, Popeline* ». Là, ça veut dire qu'il vaut mieux que j'arrête illico presto et je sais pas vraiment pourquoi, mais j'arrête illico presto. Surtout que je DÉTESTE qu'on m'appelle Popeline.

Maman, pendant tout le temps où elle a vécu avec Papa – c'est-à-dire pas très longtemps –, elle ne travaillait pas. Elle lisait des livres, plein, des manuels pour vivre mieux dans sa tête et dans son corps, ou alors des bouquins qui t'expliquent que si ton lit est placé près de la cheminée, tu vas mieux dormir que s'il est à côté de la table à repasser. Du coup, les meubles changeaient tout le temps de place, c'était rigolo : en rentrant à la maison, j'avais souvent l'impression d'arriver chez les voisins.

Et puis, mes parents se sont séparés. Et Maman a été un peu triste. Ensuite elle est allée travailler dans le magasin bio à côté, LA COURGETTE HEUREUSE (depuis, les soirs où je dors chez elle, on mange des frites de panais et du tofu fumé en brochettes). Six mois plus tard, elle a rencontré ma maîtresse de grande section de maternelle – Élodie, qui venait à LA COURGETTE HEUREUSE se ravitailler en lait de soja, et elles sont devenues amoureuses, comme ça. Elles ont essayé de me le cacher au début, mais ça se voyait drôlement, dès qu'elles se croisaient dans la rue ou à la sortie des classes, avec leurs yeux qui brillaient et leur rire un peu quiche. Maintenant ça fait quatre ans et des patates qu'elles sont ensemble et quand elles se regardent elles l'ont toujours, leur rire un peu quiche.

À l'école, y en a qui ont dit que ma mère était pédé, sauf que les pédés c'est deux garçons ensemble et là y a pas de garçon du tout donc je vois pas le rapport. De toute façon, j'ai répondu : « *Hé bande de tartes ! Ma mère, elle est a-mou-reuse ! Vu ? On est comme ça dans ma famille : on est des amoureux ! D'ailleurs moi aussi quand je serai grande, je serai AMOUREUSE !* »

Là-dessus, les garçons ont rigolé bêtement et les filles sont devenues rouges comme un sens interdit. Ça leur fait ça dès qu'on dit le mot « amour » !

Bref. On continue la visite avec…

… la joyeuse smala de Papa.

À gauche : **La Carpe**, mon frère à appareil dentaire. Il passe sa vie sur l'ordinateur à se bagarrer contre des monstres qui n'existent pas et quand il perd, il fait la tête *pour de vrai*. La Carpe, il a treize ans, il est en cinquième et comme son surnom l'indique, il cause pas beaucoup.

Sa mère vit en Afrique pour sauver des enfants qui meurent, alors il la voit quasiment jamais. Du coup, il compense son absence en allant se perdre dans un monde virtuel, tu comprends ? Bon : en gros, ça veut dire que pour éviter de penser à sa mère qui lui manque, il est tout le temps sur l'ordi (en vérité, c'est ma mère à moi qui m'a expliqué ça, vu qu'elle réfléchit beaucoup à ce qu'il se bricole dans la tête des gens).

À côté de lui : **Minus**, ma frangine qui se croit grande mais qui reste quand même minus (enfin, moins que Plume, qui cause pas encore mais qui mange tout ce qui traîne, même les crottes du chat). Minus a cinq ans, des cheveux carotte et elle voudrait faire TOUT comme moi sauf qu'elle peut pas. Résultat, elle piaille tout le temps très fort avec des aigus affreux. Et **Plume**… Ah, Plume, elle est trop chouette. Je sens qu'elle et moi plus tard, on fera la paire. Là, elle a seulement un an, mais elle me plaît déjà.

En tout cas, mes frangines elles ont de la personnalité, et ça doit leur venir de Papa vu que, sans être méchante, P'tite Chose c'est pas son truc, la personnalité.

P'tite Chose, on ne l'entend pas ; elle a toujours un bout de sourire qui flotte sur les lèvres, mais juste un bout, et elle parle tout doucement. Parfois j'ai envie de la secouer, de la décoiffer, histoire de voir ce qui se cache derrière son sourire tout tiède ! Elle dit souvent qu'elle a « du mal à me comprendre » ou que je suis une « tornade ». RHÂÂÂ ! Je suis pas une tornade, juste j'aime pas le mou !!!

Et donc, pour finir sans mollir…

… moi !

Popy ! Enfin, « Popeline », sauf que personne ne m'appelle Popeline à part (1) Maman quand elle est pas contente et (2) la directrice de l'école pour montrer qu'avec elle, ça rigole pas (ce qui me fait bien rigoler).

Je vis une semaine chez Papa, une semaine chez Maman : ça s'appelle une *garde alternée*. En gros, *j'alterne* entre la Planète Cool chez Maman et Élodie, et le Tourbillon de la Smala chez Papa.

J'ai 10 ans et toutes mes dents, d'ailleurs Papa répète souvent que *ma pauvre chérie, ça tient du miracle que tu ne t'en sois pas cassé quelques-unes...* Faut dire, je suis plutôt une agitée ! Suis pas compliquée, mais j'ai vite la moutarde qui me sort du nez. Ce que je déteste par-dessus tout, c'est quand on m'explique que je peux pas jouer au foot sous prétexte que je suis une fille ou que je sais pas me battre sous prétexte que... ben, pareil. Alors que je suis tout de même l'inventrice de la célèbre Prise de l'Éléphant !

La Prise de l'Éléphant, c'est un truc terrible. D'abord je positionne mon bras en trompe d'éléphant, paume vers le ciel. Puis j'enfonce le majeur et l'index dans les narines de l'adversaire et pour finir, je le soulève du sol. C'est absolument, terriblement et délicieusement douloureux !

Et surtout, ça devient très utile quand on est **CHEF DE BANDE**. À l'école, j'ai créé la mienne, de bande, avec mes trois super copines, Rosa, Olympe et Lucie : on s'appelle « Les **Justicières du Préau** » et on est gravement respectées par tout le monde.

Notre truc à nous, c'est d'être des sauveuses. Dès qu'il y a un minus riquiqui qui se fait embêter par quelqu'un (au hasard : Kévin et ses trois super « copains crétins »), on va voir le coupable et on lui colle un blâme. Au bout de trois blâmes (en vrai, c'est rare que je tienne aussi longtemps), TAC ! la Prise de l'Éléphant ! Et même que parfois, quand le gars a un rhume, ça peut devenir très dégoûtant !

Re-Moi

Rosa

En face de notre gang, il y a cette bande de gars qui s'est montée aussi pour tenter de nous résister, ils s'appellent « **Les Anges du Démon** ». Ils sont plutôt ridicules (un indice : le nom de leur chef commence par un K). Ils essaient de faire des attaques de catcheurs, mais franchement, le coup de l'éléphant, c'est peut-être pas breveté, mais ça marche dix fois mieux !

Enfin voilà ! C'est moi, quoi…

Ah, et aussi : j'ai un secret. Mais je te dis pas, sinon ça serait pas un secret.

Enfin, je sais pas. Faut voir…

Lucie

Olympe

Et pis j'ai fait une bêtise.

En fin de compte, j'ai pas attendu d'être grande pour devenir amoureuse. Parce que ça m'est tombé dessus. Comme ça, plouf ! D'ailleurs Maman m'avait bien prévenue, que si on appelle ça *tomber amoureux*, ben c'était pas pour des quetsches. Et là clairement y a pas de doute : ça m'a fait comme une énorme chute dans le cœur, comme du haut de la tour Eiffel.

Sauf que lui, non. Ou alors j'ai pas vu.

Il s'appelle Falstaff et tout le monde l'appelle « Fals » (sauf moi). Il est brun bouclé, il fait du rugby et il a des yeux noirs. Mais je te jure, NOIRS ! Impossible de savoir ce qu'il y a derrière. Moi… j'ai voulu savoir. Je te promets : au début, c'était juste ça que je voulais ! Alors j'ai eu l'idée de jouer au rugby avec lui – il joue sacrément bien. Un des minables de la bande des Anges du Démon a essayé de m'empêcher de prendre ma place dans l'équipe, et Falstaff lui a juste envoyé :

– C'est quoi qui t'inquiète, Hector ? T'as peur de perdre contre une fille ?

Le Hector (c'est le « bras droit » de Kévin, celui qui rigole à toutes ses blagues. Il en fallait un, ben c'est Hector.), il est devenu rose comme une barbapapa et il a bafouillé :

– Ah ben ça hein, ben ça euh, ben non !

Avec Falstaff on a rigolé et c'est là que, PAF (ou PLOUF, comme on veut), je suis tombée amoureuse.

Résultat : alors que, d'ordinaire, je ne me débrouille pas trop mal au rugby, j'ai passé mon temps le nez dans le gazon. Et ça m'a énervée à fond, parce que cette andouille de minable d'Hector en a profité pour prendre son air d'imbécile satisfait avec ses yeux de veau qui roulaient dans tous les sens à chaque fois que je me faisais plaquer ou que je ratais une passe !

Dans les yeux noirs de Falstaff… *rien*.

Après ça je suis souvent revenue jouer avec lui, et une fois je lui ai même offert un pot de confiture d'échalotes que ma mère avait préparé.

Oui, je sais : Rosa aussi, quand je lui ai raconté ça, elle m'a regardée comme si j'avais marché dans une bouse de chien.

– Popy ! Pour de vrai, tu ne lui as pas offert un pot de *confiture d'échalotes* ?!

– Hé ben si !

22

– Mais pourquoi, enfin ? Ta mère fait une confiture de roses qui est super bonne !

– Je sais… mais la rose, j'ai pensé que c'était un peu…

– Un peu quoi ?

– Un peu… fille !

– Et alors ?

– Et alors, j'aime pas faire fille !

Rosa a lâché l'affaire, et moi je me suis dit qu'il allait peut-être falloir que je me calme un peu avec mes principes. Toujours est-il qu'un mois plus tard, avec Falstaff, ça n'avançait pas d'un pouce. Et c'est à ce moment-là que j'ai fait une bêtise.

Tu veux que je te dise ?

Je me suis « arrangée » pour que Falstaff tombe amoureux de moi. Et ça a marché. Sauf que maintenant, je me dis que si je l'avais pas envoûté avec mon super-pouvoir, sûrement qu'il serait pas amoureux et de toute façon maintenant je le saurai jamais alors je suis triste à fond !

Tu comprends rien ? c'est normal.

Mon secret

Ça a commencé il y a deux ans.

Maman et Élodie ont décidé de faire du yoga. Très vite, elles ont a-do-ré. Alors, elles se sont mises à faire des trucs de dingue, genre prendre le peigne entre leurs doigts de pied pour se coiffer ! Et puis un jour, elles ont invité leur prof à dîner.

Maître Leholà, il s'appelait. Moi, je l'ai appelé Métro parce que je le trouvais trop FORT mais *trop* FORT comme maître, alors ça a donné Métro. Tout de suite, il m'a regardée… bizarre (en même temps, il est un peu bizarre tout court). Donc, il m'a fixée avec ses yeux gris et il m'a déclaré d'un coup :

– Popy, sais-tu que tes chakras sont suractifs ?

Moi, j'ai fait la fille hyper au courant et je lui ai répondu que bien sûr je le savais, même si en fait je croyais que les chakras étaient des beignets de poisson. Il a souri, Maman a froncé les sourcils et lui a aussitôt dit de ne pas m'embêter avec « tout ça », alors moi, forcément, ça m'a donné envie d'en savoir plus.

Trois jours après, je suis allée le voir à la sortie de son cours, qui se trouve juste en bas de la maison, et je lui ai demandé si ça pouvait me servir à quelque chose, mes chakras surpuissants (entre-temps, Maman et Internet m'avaient appris que les chakras avaient plutôt à voir avec le cerveau et les super-pouvoirs mentaux et pas du tout avec les poissons). Il a rigolé et il m'a lancé :

– Viens, on va voir ce qu'on peut faire.

On est montés dans une salle toute blanche avec des tapis tout blancs, des murs tout blancs et juste une petite fenêtre, en haut, pour faire puits de lumière.

– C'est une salle de méditation, il m'a expliqué. Assieds-toi en lotus, j'arrive.

Quand il est revenu, j'étais toujours debout, mais j'avais viré mes chaussettes.

Il m'a montré comment m'asseoir en lotus – avec mes pieds au-dessus de mes cuisses, un peu comme un sandwich de jambes. Puis il s'est installé pareil et il s'est mis à dire des trucs qui veulent rien dire sans s'arrêter, en me regardant très fort dans les pupilles. Je faisais de mon mieux pour suivre, jusqu'à ce qu'il lâche :

– Tu es douée !

– Mais… j'ai rien fait ?! j'ai répliqué, avec mes yeux de poule qui pond un œuf.

– Tu arrives déjà à interférer sur ma volonté… et pourtant, je connais la parade.

– Juste en soutenant ton regard ?

– C'est ça. Tu as une puissance du troisième œil hors du commun.

Là-dessus, il a posé son index en haut de son nez (pour me montrer où ça se trouve, le troisième œil. Enfin, je suppose).

– Et ça va me servir à quoi ?

– Hmm. Pense à une chose que tu désires. Penses-y très fort et fixe-moi de toute la force de tes chakras.

Alors, j'ai mis mes yeux en mode « rayons laser » et j'ai essayé de lui pulvériser le front histoire qu'il comprenne ce que je voulais !

– Tu veux… des spaghettis ! il a crié d'un coup.

– Non, des gnocchis, j'ai dit, un peu déçue (mais quand même impressionnée).

– Bon, c'est une première fois. Tu n'as plus qu'à t'exercer et avec le temps, tu devrais parvenir à formuler une image nette de ton désir. N'oublie pas que, moi, j'ai conscience de ce que tu fais ; mais face à une personne qui ne connaît pas la parade, tu ne rencontreras aucune résistance. Elle ne se rendra même pas compte que le désir vient de toi et ira simplement te préparer tes gnocchis !

– Nooon ?! j'ai crié, sidérée. Ça veut dire que je vais manger ce que je veux *tous les jours* ?!

– Hmm, oui, tu peux déjà commencer par t'exercer là-dessus… mais ça pourrait te servir à autre chose, tu sais ! il a glissé avec un petit sourire en angle.

Je suis rentrée en courant, j'ai foncé dans la cuisine et j'ai mitraillé Maman direct entre les deux yeux en pensant à fond : *pizza, pizza, pizza* !

Une heure plus tard, elle m'a annoncé qu'elle avait invité quelqu'un à dîner – sa collègue Lizza.

Rhâââ. Presque !!!

Et au menu, y avait quoi ?

Un gratin de chou-fleur.

Pas si presque.

Mais depuis, j'ai gravement progressé et aujourd'hui j'obtiens à peu près tout ce que je veux quand je veux. Et pas que pour les repas…

D'où la bêtise…

Voilà : alors moi, au bout d'un mois à faire l'échalote avec Falstaff sans que ça avance d'un pouce, j'ai plus tenu et un matin, je l'ai fixé entre les deux yeux en pensant très fort : *Aime-moi, aime-moi, aime-moi !*

Et il m'a invitée au cinéma.

À partir de ce jour, il s'est mis à me regarder différemment, avec les yeux qui brillent, et j'ai compris que ça avait marché. Seulement… il y a quand même un petit problème avec mon super-pouvoir de la mort qui tue : c'est que les effets ne durent qu'en ma présence. Du coup, quand il me voit il fond, mais dès que je m'éloigne, il se refroidit ! J'ai demandé à Métro si je pouvais pas faire quelque chose pour que ça fonctionne tout le temps, il m'a expliqué que non, que mon troisième œil marchait *en direct* sur l'inconscient des gens (l'inconscient, il a rajouté, c'est un truc que tu as dans la tête sauf que tu sais pas que tu l'as).

En vérité, Falstaff, il m'aime *malgré lui.* Et quand il ne me voit plus, il ne m'aime plus.

Au moment où j'ai compris ça, j'ai voulu tout défaire, oui mais c'est pas si simple parce que je ne peux pas non plus aller voir Falstaff et lui dire : **M'aime plus, m'aime plus,** m'aime plus ! Enfin, si, je pourrais, mais…

… mais non, quoi, je peux pas !!!

Forcément, je peux pas ! Maintenant, moi, ses yeux qui brillent et son sourire qui me fait battre le cœur, je peux plus m'en passer, alors je ne le fais même plus exprès, de penser : *Aime-moi,* *aime-moi,* **aime-moi !**

Et lui, il est perdu.

En vérité de vérité, la seule chose que je devrais vraiment faire, c'est d'arrêter de le voir. Mais ça aussi, c'est trop difficile, même si ce serait l'idéal. Ou alors, non, l'idéal absolu, ce serait qu'il tombe amoureux de moi *pour de vrai* ! Ça, j'en rêve…

… sauf que je ne sais pas du tout comment faire.

À un moment, j'en ai parlé aux copines.

Rosa m'a dit : « Fais-le rire ! Les garçons, ils aiment bien quand on les fait rigoler ». Olympe a dit que pas du tout, qu'il fallait avant tout que je lâche ma vieille salopette et que je m'habille un peu plus comme Cindy par exemple (mais moi habillée comme Cindy, sûrement que je le ferais mourir de rire, Falstaff !). Et Lucie, elle a dit que surtout, *surtout*, il fallait que je l'écoute ; que les garçons ils adorent qu'on les écoute parler.

J'étais bien avancée.

Depuis, je mets des jupes, je l'écoute avec toutes mes oreilles et je raconte des blagues, mais bof… De toute façon je le faisais déjà rigoler et il parle pas beaucoup, Falstaff.

N'empêche : quand on se retrouve et que je le fixe et que PAF (ou PLOUF), je le vois soudain tout troublé, ça reste sacrément chouette, même si je sais bien que ça ne dure pas – et qu'au fond de son cœur, il n'est pas *vraiment* amoureux.

La smala de Papa

Bref, tout ne marche pas exactement comme je veux et ça me tracasse pas mal – mais j'en parle à personne ; je vais quand même pas me mettre à crier mon histoire de troisième œil supersonique sur tous les toits ! De toute façon, si je devais en causer, ce serait juste avec Rosa. En général, j'aime pas trop discuter avec mes parents des choses qui me traversent le cœur. Papa, il aimerait bien. Souvent, quand j'arrive chez lui le mercredi, j'ai droit à mon interrogatoire en règle…

(1) Alors, cette semaine, t'as fait quoi de beau ?

(2) T'as eu des bonnes notes ?

(3) Elles vont bien, tes copines ?

(4) Et ton… amoureux ?

Et normalement, il ajoute un gros clin d'œil énervant. Là, j'ai juste envie de répondre :

(1) Alors cette semaine, t'as vendu combien de grille-biscottes ?

(2) Tu l'as eue, ton augmentation ?

(3) Ils vont bien, tes collègues ?

(4) Et… ton amoureuse ?

Mais il comprendrait pas. Parce qu'il dit tout le temps qu'il n'a pas d'humour sur lui (en fait quand tu te moques, ben il se vexe). Alors au lieu de faire la maline, je réponds toujours la même chose, ce qui donne, dans l'ordre : (1) Rien de spécial, (2) Ben oui, (3) Ben oui, (4) C'est pas l'heure du goûter, pour Plume ?

Ensuite, je le plante sur place pour aller voir la petite dernière qui gazouille dans son parc, au milieu du salon. Vraiment, elle me plaît, Plume. J'aime bien nos conversations.

Moi : Oooh, je suis fatiguée ! Je peux venir dans ton parc ?

Elle : Badavoum alaraga !

Moi : Ça, c'est sûr. Hé mais dis donc, t'arrives presque à marcher !

Elle : Ada.

Moi : Carrément ! Quand tu marcheras, on ira se balader au skate-park, d'acc ? Tu verras, c'est super : y a des bosses partout !

Elle : Nagaza la ava jou ?

Moi : Ben, évidemment qu'on jouera.

Elle : Pépé !

Moi : Oui, ma plume.

Elle : Ada ma ga.

Moi : Moi aussi, tu sais.

Et après, on joue avec son croco qui pouette.

Bon : en général, on n'a pas beaucoup de temps tranquilles avant que Minus ne rapplique... et là, c'est une autre histoire ! Le seul truc bien avec Minus, c'est que je suis sa Déesse, sa Reine et sa Sœur Chérie d'Amour – ça, évidemment, c'est sympa (et même, ça claque !) Mais pour le reste c'est l'enfer : elle blablate tellement qu'on croirait qu'elle va jamais s'arrêter, sans compter qu'elle saute d'une idée à l'autre et parfois on comprend plus rien du tout :

« Tiens ma sœur chérie ton dessin il a dit que j'étais moche mais le dessin je te le donne même si en fait la maîtresse elle a dit non à Gabriel hein t'es d'accord ? »

Le plus difficile, c'est d'arriver à ce qu'elle me lâche les baskets. Un peu comme quand t'as un truc collé sur un doigt mouillé, tu vois ?

Avec tout ça, les repas chez Papa sont d'un genre... particulier. Papa a son petit rituel : à chaque fois, il se met en bout de table et il contemple toute sa smala

avec un air trop content, du style quelle belle famille
j'ai là ! Et nous, côté smala, on a aussi nos petites habi-
tudes :

Plume sur sa chaise haute fait un concours de lancer
de purée avec elle-même.

Minus jacte tout le temps (comme d'hab', quoi).

La Carpe, lui, il ne parle pas, il ne sourit pas et il
n'écoute pas.

En fait… Non, je suis pas très sympa de dire ça sur
mon frère aîné – par exemple, pas plus tard que la semaine dernière, il a prononcé cette phrase magnifique,
rien que pour moi, même que je l'ai notée dans mon
journal intime :

– Popy, tu passes le sel ?

Forcément, là tout de suite, ça ne te paraît peut-être pas énorme (d'autant que, tu remarqueras : pour le *s'il te plaît*, je peux toujours me rhabiller), mais je te jure que ça m'a paru dingue quand j'ai entendu ça, vu que le reste du temps il préfère se lever que demander quoi que ce soit à qui que ce soit !

Ah ! Et puis bien sûr, à table, il y a aussi P'tite Chose. Alors là, franchement... Ça a beau être la mère de mes frangines, je ne vois pas ce que je pourrais trouver à dire d'intéressant ou de rigolo sur elle. Elle a un peu une tête de cocker. Assise entre la chaise haute de Plume et Minus, elle nettoie inlassablement les jets de purée d'un côté et de l'autre elle répète inlassable-ment : « calme-toi et mange ».

Voilà. Et tout à l'autre bout de la table, c'est moi ! En face de papa ! Moi aussi, je trône. J'aime bien servir les plats : « Encore une cuillerée de légumes ? Assez de sauce ? Une cuisse, une aile ou du blanc ? ». Y a que la Carpe qui veut absolument se servir lui-même, quel boudin froid, celui-là !

Bref : ça se passe comme ça, chez Papa. Tandis que chez Maman, c'est vraiment très différent et j'adore aussi. Ça me fait comme deux vies. Une qui gigote de partout où il faut se faire sa place et une toute douillette où je peux réfléchir. Hé ouais, réfléchir ! Parce que chez Maman, on *philosophe*, figure-toi !

Mais je te raconterai ça une autre fois…

Quand SOUDAIN !

Falstaff est arrivé tout patraque à l'école, ce matin.
Les yeux carrément crochetés aux orteils, il m'a tendu
un bout de papier chiffonné :

*Popy est une salle sorssière. Elle fée des
truc avec ces yeux pour T'ANVOUTER et en
plusse ça màire elle est pédé !*

– Ben quoi ? j'ai dit après avoir lu le charabia. Tu le
sais déjà pour ma mère, il est où le problème ?

– Le problème, il a répondu en regardant toujours ses pompes, c'est que le coup des yeux qui envoûtent... hé ben, je crois que c'est vrai.

– Ah. Et donc comme ça, tu penses que je suis une sorcière ?!

– Bien sûr que non... Mais t'as un truc !

À ce moment, j'ai viré rouge calamar (je sais, les calamars c'est pas rouge, mais ça devrait !).

– J'ai PAS de truc !!! Et toi en plus, tu écoutes les mensonges d'un minable de la bande des Anges du Démon qui écrit comme un pingouin des îles ?

– On dit « comme une vache espagnole », il a souri.

– M'EN FOUS DE CE QU'ON DIT, MOI ! Et au moins, je crois pas tous les abrutis qui n'osent même pas signer les torchons qu'ils écrivent !

Alors il a relevé la tête, d'un seul coup. Et je l'ai fusillé direct avec mes *Aime-moi, Aime-moi, Aime-moi,* une vraie rafale d'amour télépathique, tout en me disant, **Popy,** *tu crains, tu crains, tu crains* – et bien sûr, il a fondu comme un *Smarties* dans la poche.

– Je suis désolé, Popy… Je sais pas ce qui m'a pris de croire ces bêtises. T'as raison, c'est sûrement un coup de Kévin ou de Jonas (Jonas, c'est le « bras gauche » de Kévin, la tête pensante du groupe. Mais non, je plaisante : y a PAS de tête pensante chez les Anges du Démon). C'est juste que je me sens bizarre parfois, quand tu me regardes et…

– Laisse tomber, j'ai coupé.

Et je suis partie comme une grande dame, en espérant un peu qu'il me rappelle avec un cri du désespoir, mais même pas.

De toute façon mon pouvoir, il est NUL ! Il marche comme un clignotant, un coup il m'aime un coup il m'aime plus ! Ça sert à rien du tout !

J'étais furax. Et blessée. Mais surtout, je me demandais comment c'était possible qu'un crétin des anges du démon ait pu percer mon secret…

Fallait que je tire ça au clair.

STOP !!!
RÉCRÉATION !

Je pense que tu seras d'accord : vu **L'ÉNORME** suspense qui vient de nous tomber dessus, on a bien mérité une pause. Tu peux aller te chercher des pop-corn ou un esquimau, je crois qu'il en reste au frigo.

Bien. Et maintenant, que les choses soient claires entre toi et moi.

Je SAIS.

Je sais TRÈS BIEN ce que tu penses. Tu te dis : « *Wouah la vache, le super-pouvoir de Popy, je le veux !* »

Et malheureusement, je me vois forcée de te répondre :

– Halte là, mon petit bonhomme (ou ma petite bonne femme) : le pouvoir de Popy, c'est du costaud ! N'est pas Popy qui veut !

Aussi, si *vraiment* tu envisages de commencer à acquérir un tout petit microscopique bout du pouvoir de Popy, va falloir bosser dur !

Cela étant dit, je suis sympa, je veux bien te confier quelques-uns de mes secrets ; mais je te fais confiance, hein ? Va pas répéter ce que je te raconte à toute ton école, ça pourrait faire des dégâts.

Pour commencer, je vais te demander de prêter serment sur le « **Popy's Power** » (ça veut dire « Pouvoir de Popy » en anglais. Je trouve que l'anglais, c'est mieux pour prêter serment, et aussi que c'est mieux tout court, parce que, ben… c'est anglais).

Allez ! Répète après moi :

« Je jure sur le Popy's Power de garder pour moi et moi seul les secrets qui me seront révélés ici. Et je jure aussi de

ne me servir de mes super-pouvoirs que pour sauver les gens en détresse et pas pour obliger mamie à faire des trucs de dingue à son insu, même si c'est toujours très rigolo de la voir brouter l'herbe du jardin ! »

Voilà, ça c'est fait – t'as plus qu'à cracher (dans le lavabo, s'il te plaît !)

Bon : on passe aux choses sérieuses. Pour réussir à maîtriser le Popy's Power, tu t'en doutes, il te faut un mental d'acier. Donc, premier exercice : *renforcer ta concentration.*

(1) Ferme la porte de ta chambre

(2) Va mettre ta chanson préférée à fond

(3) Essaie en même temps de lire ce qui suit.

Tu es prêt ?

C'est parti !

 l était une fois un lapin qui s'appelait Belette. Belette se sentait un peu seul et gambadait gaiement dans un pré quand il croisa une belette qui ne s'appelait pas Lapin.

– Salut, comment tu t'appelles ? demanda la belette.

– Belette, répondit Belette.

– *En effet, je suis une belette, enchérit la belette… mais toi, quel est ton nom ?*

– *Belette, je te dis ! répéta Belette.*

– *Mais je te demande ton nom !!! s'écria la belette, qui commençait à s'énerver. Moi c'est Belotte, et toi ?*

– *Moi c'est Belette, ça fait quatre fois que je te le répète !*

– *Aaaaaah, tu t'appelles Belette ! s'exclama Belotte.*

– *Oui, Belotte. Belette, je te dis !*

Ainsi, Belotte et Belette partirent faire une belote.

Bien. Tu peux aller éteindre la musique.

Et maintenant, top chrono, tu as deux minutes pour répondre à mes questions !

TOP !

1 / Qui est Belotte ?

2 / Combien de fois y a-t-il écrit le nom commun *belette* dans ce texte ?

3 / Combien de fois Belette a-t-il dû répéter son prénom ?

4 / À quoi jouent Belotte et Belette ?

5 / Quel *n'est pas* le nom de Belotte ?

Les réponses

5 / Lapin.

4 / À la belote.

3 / Trois fois, mais Belette exagère,
il dit que c'est quatre !

2 / Cinq fois.

1 / Une belette.

Quoi ? Tu as 5 sur 5 ???

DRI

Bravo : te voilà ceinture blanche du Popy's Power !

Il n'est donc pas impossible que ce soir, si tu parviens à te composer un air parfait d'enfant parfait tout en fixant ta maman droit dans les yeux, tu puisses obtenir dix minutes de plus avant de te coucher !

On rentre !

Greutch

Mon gros souci dans cette histoire, tu t'en doutes, c'est qu'on ne peut pas m'aider vraiment. Parce que mon secret, je ne l'ai raconté à personne ! Une fois, j'ai bien failli le dire à Rosa vu que j'ai vraiment confiance en elle, mais j'ai eu peur qu'elle me prenne pour une dingue ou au contraire qu'elle me croie et qu'elle s'imagine que j'aie pu utiliser mon pouvoir sur elle un jour… Bref, je ne le sens pas. Du coup, je me tais. Et ça, je peux te dire, c'est carrément affreux.

J'en ai bien touché un mot à Métro dernièrement mais pas de bol, en ce moment il commence à regretter de m'avoir initiée. Il m'a même dit que j'allais trop loin, que l'amour c'était sacré et qu'on ne devait pas forcer les gens à quoi que ce soit, que c'était immoral. Bref, il approuve pas !

– Si je comprends bien, tu veux que je mette le holà, Maître Leholà ? je lui ai lancé pour le détendre.

– C'est pas drôle, Popy. Et ce n'est pas dans ce but que je t'ai formée. Si tu continues, ça va mal finir. Tu ne pourras pas dire que je ne t'ai pas prévenue !

Et il est parti sans se retourner (enfin bon, ça c'est normal, y a que les amoureux qui se retournent pour se faire un dernier signe de la main : les autres, ils tracent).

Je me suis demandé qui allait bien pouvoir m'aider à mener l'enquête sur ce « corbeau » qui envoyait comme ça une lettre très méchante et très mensongère sur moi (d'accord, surtout méchante, en fait).

Parce que vois-tu, j'aime bien les « couches de cerveaux » : avec les Justicières du Préau, c'est une stratégie qu'on maîtrise à fond. Quand j'ai une idée, Rosa ça lui en donne une autre, Olympe organise le boulot et Lucie met en place les actions de la bande. Faudrait que je trouve une façon de leur demander de l'aide, mais sans dire mon secret. Pas simple…

Bref, j'étais bien embêtée et je cherchais une solution, lorsque j'ai entendu quelqu'un m'appeler. C'était assez faible comme volume, mais clair. Ça venait du parc ; l'entrée en face de la boulangerie qui vend les guimauves à la praline. J'ai fureté un bon moment…

Et puis, sous un banc, je l'ai vu.

Il m'attendait.

Comme si de rien n'était.

Il m'a dévisagée avec ses petits yeux plissés et il m'a dit :

– Popy ?

– Oui, j'ai répondu, en continuant un peu de zyeuter autour de moi pour être sûre, enfin *absolument sûre* qu'on ne me faisait pas une blague.

– Cherche pas : je suis pas téléguidé ! C'est bien moi qui parle !

– Ouais, d'accord… sauf que, je suis désolée de te contrarier, mais je ne crois plus au Père Noël depuis un bout maintenant, ni à la Petite Souris ni à rien du genre, tu vois ! Alors, imaginer que tu puisses me parler…

– Tu n'y crois pas, mais tu me causes quand même. Comme quoi ! Je me présente : Greutch.

Il a souri de ses minuscules dents pointues.

– Ah, ben euh… Enchantée ! Popy.

– Je sais.

– Je sais que tu sais.

Et après on n'a plus rien dit, il m'a considérée quelques minutes avec ses tout petits yeux et moi je me suis sérieusement demandé ce qui m'arrivait. Je devenais dingue, peut-être ? Pourtant je le voyais bien, là, qui agitait ses pattes sous mon nez et…

– Ça va ? il a repris d'un coup.

– Non, Greutch. Ça va pas du tout. Je veux dire, t'es sûrement très chouette comme gars, mais…

– Mais ?

– Mais t'es un HÉRISSON, c'est bien ce que t'es ! Un HÉRISSON !!! Et les hérissons, ça cause pas !

Il s'est gratté la tête du bout de la patte, entre deux piquants.

– Han… mais si tu vas par là, les petites filles ça n'a pas non plus le pouvoir d'obtenir ce que ça veut rien qu'avec un coup d'œil, si ?

Et là, je dois bien dire que le Greutch, il m'a laissée muette sur mon banc.

(Si tu veux savoir à quoi il ressemble, tourne la page. En attendant, je te laisse du blanc pour le dessiner !)

L'installation de Greutch

Il ressemblait absolument, ré-
solument et définitivement à
un hérisson. Un vrai, avec
des piquants qui pi-
quent, une truffe en
pointe et de tout petits
yeux sympas. Et à chaque
fois qu'il ouvrait la bouche
pour discuter, ses piquants
partaient en arrière et ça lui
faisait une coupe de vieux
rocker ringard.

Greutch causait, donc. Il m'a expliqué qu'il n'était pas ici par hasard, mais bien pour m'aider dans cette histoire, et que du coup il fallait que je commence par l'installer chez moi. Et moi, je ne savais pas trop comment lui expliquer sans le vexer qu'il était très probablement plein de puces et que ma mère, toute zen qu'elle était, risquait de pas trop apprécier (voire de *s'attendre à une autre attitude de ma part, Popeline*) !

– Mais je ne sais pas où te mettre, Greutch !

– Dans ton lit ! Depuis le temps que je rêve d'une couette et d'un oreiller en plume pour mon hibernation !

– Dans mon lit ? Mais, euh, Greutch, je ne…

– Je rigole ! Dis donc, tu prends toujours tout au sérieux, toi ? Allons, voyons ! Moi, ce que j'aime ma petite Popy, c'est une bonne odeur d'humus, de terre mouillée, de feuilles qui commencent à pourrir ! Et quand j'ouvre un œil au petit soir, un beau ver de terre pour le petit déj… et allez zou, c'est parti pour la nuit !

– Tu vis la nuit ? Comme les chauves-souris ?

– Ben oui ! T'y connais rien en hérisson, toi ?

– Euh… pas trop, non…

J'aurais bien aimé lui demander comment il avait appris le français, et aussi pourquoi il était réveillé là maintenant (alors qu'il faisait jour), et aussi qui lui avait parlé de moi et de mon pouvoir, et aussi pourquoi il voulait m'aider… mais je savais pas trop par où commencer. En plus, dans trois jours c'était le tour de mon père pour la garde et donc j'allais devoir balader Greutch d'une maison à l'autre – et ça non plus, je voyais pas bien comment je pourrais me débrouiller sans me faire prendre !

– T'inquiète pas ! il a repris brusquement. Quand on sera chez ta mère, tu trouves une cagette, on la remplit de feuilles et tu me ranges dans le tiroir qui est sous ton lit. Tandis que chez ton père, je resterai dans le jardin et voilà.

– Euh… Tu lis dans les pensées, aussi ?!

Il commençait un peu à me foutre la trouille, Greutch. Et d'abord, comment il savait que j'avais un tiroir sous mon lit chez ma mère et un jardin chez mon père ?

– Écoute, il a enchaîné, je sais bien que t'es un peu perdue là. Alors, tu m'installes, on se boit un coup et je t'explique, OK ?

– OK, j'ai abdiqué.

Et on est partis chez Maman. En chemin, j'ai demandé une cagette à Aziz, le légumier de la rue des Saules ; on l'a tapissée avec une poignée de feuilles de noisetier – Greutch a inspecté ça d'un air réjoui, il paraît qu'il n'y a pas plus moelleux pour dormir, et il s'est déterré deux trois asticots pour le lendemain.

À la maison, il n'y avait personne, j'ai pu le loger tranquillou dans le tiroir sous mon lit, derrière un vieux tas de Playmobil. Il a tout bien étalé, a fait le tour du propriétaire, et puis il a croisé les pattes et m'a dit :

– Bon, on se boit quoi ?

Les explications de Greutch

On s'est assis sur mon lit. Greutch a pris un jus de
mangue et moi une grenadine.

– Bien ! Je ne peux pas tout t'expliquer, mais je vais
essayer d'éclairer ta lanterne. Pourquoi je connais ton
secret ? Parce que je t'ai vue agir ; ça fait un bout de
temps que je t'observe et, étant donné que je m'y
connais pas mal en super-pouvoir, j'ai vite compris la
manip'. Surtout ne t'inquiète pas, je suis une tombe, ton
secret est entre de bonnes pattes ! Mais… il me semble
que tu es un peu dépassée, je me trompe ?

– Non, tu ne te trompes pas, j'ai répondu en faisant ma tête de pauvre Popy dépassée. Pourquoi tu m'observais ?

– On m'a *missionné* pour ça, c'est tout ce que je peux te dire. Tu as tes secrets mais tu n'es pas la seule…

– Et… tu sais parler depuis longtemps ?

– Tu as tes secrets mais tu n'es pas la seule, il a répété avec un sourire étrange – un sourire de hérisson, quoi. Bien ! Faisons un point ! il a enchaîné. Tu as ce super-pouvoir dont tu te sers de plus en plus. Tu « orientes » régulièrement tes parents pour obtenir ce que tu veux, tu as fait en sorte que Falstaff tombe amoureux de toi – et depuis peu, tu commences même à t'arranger pour que ta maîtresse augmente tes notes l'air de rien… J'oublie quelque chose ?

– Non, j'ai marmonné, un peu honteuse.

C'est qu'il était sacrément au courant, le Greutch. Dire que je m'étais même pas rendu compte qu'on m'observait. En même temps, être surveillée par une grosse bogue de châtaigne sur pattes, ça se remarque pas forcément !

65

– Je continue, il a continué. À force, bien sûr, ton comportement a dû susciter des jalousies et éveiller les suspicions. Certains se posent des questions ! il a ajouté, les piquants soudain dressés en brosse. Et aujourd'hui, tu te retrouves avec une lettre anonyme qui laisse penser que ton secret n'est pas loin d'être percé à jour !

– Ça, j'ai crié, c'est forcément un coup des minables des Anges du Démon !

– Possible. N'empêche, il va falloir que tu lèves le pied ! Un super-pouvoir, ça se bichonne, ça se distille… On ne doit s'en servir qu'en cas *d'absolue nécessité* ! Il ne t'a pas appris ça, ton maître de yoga ?

– Si, bien sûr…

– Mais bien sûr, tu n'en as fait qu'à ta tête ! Est-ce que tu crois que je papote avec tous les humains que je croise, moi ?

– Hé ho ! Si t'es venu pour me faire la morale, ça va pas être possible ! j'ai répliqué (parce que bon hein, j'aime pas qu'on me dise ce que je dois faire – et encore moins quand c'est un hérisson !)

Sans s'offusquer ni rien, il a humecté les coussinets de ses pattes avant de lisser ses piquants en arrière (berk) :

– Popy… est-ce que tu sais, au moins, que si jamais ton secret est révélé au grand jour, tu vas perdre tes pouvoirs ?

– Non ! j'ai crié, les yeux ronds.

– Si ! il a crié pareil. C'est toujours comme ça, un super-pouvoir ; ça ne peut marcher que s'il est secret. Seules quelques personnes de confiance peuvent le savoir.

– Mais… il ne m'a jamais dit ça, Métro !

Là-dessus, j'ai entendu le bruit des clés dans la porte. Greutch a bondi à l'intérieur de sa cagette, j'ai refermé le tiroir ni vu ni connu et je suis vite allée dire bonjour à Maman qui rentrait.

– Bonjour mon poussin ! Hé ben, t'en fais une tête ? elle m'a chatouillée avec son sourire tout doux. Ça va ?

– Oui, oui t'inquiète, j'ai claironné avec mon sourire spécial, plein de dents et rassurant.

– Dis Popy, ce soir pas de gnocchis, d'accord ? Je sature un peu, là.

– Non, ce que tu veux Maman, ce que tu veux…

10

Réflexions philosophiques

À la place, on a mangé une soupe de potimarron à la crème de noisette. Mais si, c'est bon aussi, fais pas cette tête ! Même si moi, j'ai une vraie passion pour les gnocchis. Ah, les gnocchis !... Ces petites boulettes striées de la famille des pâtes mais avec, dedans, de la pomme de terre en plus ! Et alors, avec une sauce au gorgonzola... à TOMBER, je te dis ! (Le gorgonzola, c'est un fromage moisi italien, sauf que dans les gnocchis, tu le vois pas qu'il est moisi).

Ensuite, quand je suis retournée dans ma chambre, j'ai remarqué comme un petit bruit de moteur... C'était

Greutch qui ronflait. Genre *micro-ronronnement de mini-chat.* J'ai ouvert le tiroir et, oooh, il serrait dans ses pattes ma vieille Barbie défoncée, celle à qui j'avais teint les cheveux au feutre vert fluo ! J'ai cru que j'allais jamais m'en remettre, mais j'ai réussi à étouffer mon éclat de rire dans mon oreiller – ça a fait le même son que quand tu te fends la poire dans l'eau (mais sans la flotte qui te ressort par le nez) (c'était mieux, quoi).

Dans le salon, Élodie et Maman écoutaient du violoncelle et j'entendais leurs voix au loin, comme un autre ronronnement tout doux qui répondait à celui de Greutch. Elles parlaient des prochaines vacances et de leur copine Camille qui sera pas là cette année chez Titi et Lolotte vu qu'elle attend son quatrième enfant et que hou la vache, quatre ça fait beaucoup quand même !

Moi, je me demande bien ce que je serai, comme adulte. Plutôt violoncelle ou plutôt guitare électrique ? Potiron ou raclette ? Pompière ou fleuriste ? Ou alors, je choisis pas : je voyage partout, je change de métier tous les cinq ans, je mange *vraiment* de tout ; et pour la musique, je monte un orchestre avec tous les instruments qui existent !

Ouais… ça, ce serait une belle vie ! Et puis avec mon super-pouvoir, peut-être que je pourrai TOUT avoir : de l'argent suffisamment, des amis pour la vie et un amoureux tout le temps amoureux !

C'est vrai que Métro, il m'a prévenue qu'il fallait que je me calme côté chakras, mais bon : les adultes sont comme ça, ils pensent toujours qu'il faut absolument se *tenir tranquille*, pas s'agiter ni s'amuser. Reste sur ta chaise, Popy ! Tu peux te taire une seconde, on n'entend que toi ! Attention, ne monte pas sur cette armoire, tu vas te faire mal ! C'est qui l'adulte, ici ? Tu *cesses* cette insolence Popy, s'il te plaît ! Hé bien non, figure-toi, ça n'est pas toi qui décides ! Éteins-moi immédiatement ce feu de camp sous ton lit !

Pfff. Je te jure. Parfois, je pense qu'ils feraient mieux d'adopter un poisson rouge plutôt que de faire des enfants.

Ben oui, quoi ! On fait toujours trop de bruit, on bouge toujours trop, on pose toujours trop de questions et parfois même (je le vois bien à leur tête) ils s'énervent tout simplement parce qu'ils ne *savent pas* quoi répondre ! Et comme ils se sentent coincés, ils te font leur trombine acide et ils te balancent un truc vicieux du genre : « *Je ne veux rien savoir et je ne veux plus t'entendre !* »

Franchement, les adultes, c'est pas très intelligent – je dis pas ça pour mes parents ; eux, ça va ! Mais les autres adultes, souvent je me demande quel genre d'enfants ils étaient. Ou alors, c'étaient tous des tas de Kévin (et des Hector et des Jonas) ?! C'est peut-être ça : les enfants de l'époque d'avant, c'étaient tous des tas de Kévin !!!

J'ai réfléchi un moment à tout ça et au final, je sais pas si c'est le concert de ronronnements, mais apparemment je me suis endormie, puisque quand j'ai ouvert les yeux, j'avais la tête de Maman au-dessus de moi qui me faisait un bisou sur le front en me murmurant :

– C'est l'heure de se lever, ma paupiette.

En tout cas ce qui est sûr, c'est que ma mère à moi, quand elle était enfant, c'était pas une Kevinette !

11

Ça s'arrange… pas vraiment.

– Tu es en retard, Popeline ! Et il me semble que c'est la deuxième fois, cette semaine. Suis-je censée convoquer ta mère pour savoir ce qu'il se passe ?

En réponse, j'ai pris ma tête agacée et j'ai rétorqué :

– Très drôle, Lucie…

– Reconnais que je l'imite bien, la mère « Boileau nez » ! a répliqué Lucie en se marrant comme une baleine.

Lucie : la blagueuse de la bande. Elle a toujours des jeux de mots… particuliers. Parfois, ça tombe un peu pas au bon moment (comme là), mais ce que j'aime chez elle, c'est son enthousiasme. Rien ne l'arrête !

On était posées toutes les quatre à notre QG (*Quartier Général*, ça veut dire : notre coin à nous, quoi — un endroit un peu à l'écart mais avec une bonne vue sur le reste de la cour). En général, ça ressemble à ça : Olympe par terre, Rosa et moi adossées au mur et Lucie qui gigote.

— Bon, raconte ce qui se passe ! elle a enchaîné plus sérieusement. Parce que quand même, c'est vrai que t'es souvent en retard en ce moment et t'as pas l'air dans ton assiette. Rosa, dis quelque chose : y a que toi qu'elle écoute !

Ça ne manque jamais. À chaque fois que j'ai une mine de vieux navet, Lucie et Olympe font appel à Rosa pour me remonter le moral (et ça marche dans les deux sens, bien sûr). Oui, parce que Rosa c'est mon amie de toujours, et plus précisément de la maternelle. On s'est rencontrées en grande section, quand je l'ai sauvée d'une terrible « attaque à l'escargot » ! Des cornichons de CP avaient décidé de lui faire manger un gros baveux ; la pauvre bestiole gigotait des antennes et Rosa, elle, tremblotait méchamment du menton. Alors j'ai dérouillé les CP, libéré l'escargot, puis j'ai appris à Rosa à se défendre et on est devenues inséparables.

Mais curieusement, Rosa n'a pas réagi à la petite phrase de Lucie. Elle m'a regardée sans rien dire du tout... Elle avait l'air un peu embêtée, aussi. Ça a surpris tout le monde, même qu'Olympe a très vite dévié la conversation :

– Bon, de toute façon on a un autre problème, les filles. Côté Justicières du Préau, on s'est carrément reposées sur nos rosiers ! Et je peux vous dire qu'on a au moins deux affaires urgentes à régler. Ça fait une semaine que Martin se fait piquer son pain au chocolat tous les matins par Kévin ! Et puis, il y a aussi la petite sœur d'Abdel : elle pleure dans son lit dès qu'il éteint la lumière, à ce qu'il m'a dit, et sans qu'il sache pourquoi. On s'en occupe ou vous avez décidé de faire grève ?

C'est que ça devient une vraie entreprise à plein temps, cette histoire de justicières. Au début, on l'a créée avec Olympe et Rosa parce que vraiment, on voyait trop souvent des minus se faire taper dessus juste parce que c'est facile de leur taper dessus. Et comme moi, je suis assez costaude (t'ai-je dit que j'arrive à soulever le doberman des voisins d'une seule main, même que maintenant il rase les murs dès qu'il me voit ?), j'ai pris les devants en devenant la spécialiste de la prise de l'éléphant. Ensuite, Lucie a rejoint le trio vu que c'est une chouette fille, et on a été quatre, comme les filles du docteur March. (Quoi ? Tu connais pas *Les quatre filles du docteur March* ? C'est grave vieux comme bouquin, mais grave bien !)

Voilà comment on fonctionne. D'abord, elles essaient de régler les choses en causant (chacune à sa façon, hein : Rosa argumente, Olympe s'énerve et Lucie fait des blagues) ; et ensuite, si ça n'a pas marché, j'interviens pour faire ma prise. En général, ça provoque un gros attroupement dans la cour, tout le monde prévient tout le monde : « *Il va y*

avoir une prise de Popy dans deux minutes derrière le chêne,
magnez-vous ! ». Tu imagines le bazar. Même que parfois, on me demande de patienter parce que Machin a dit qu'il arrivait et qu'il ne voulait surtout pas rater ça ; alors évidemment, pour ma victime, c'est un peu le cauchemar d'attendre, ceinturée par mes copines, que toute la cour soit là. Depuis le temps, la plupart des enquiquineurs ont fini par comprendre. Y a vraiment que

Kévin qui continue !! Ah, lui, je sais pas ce qu'il a dans la tête ! Pourtant à force, on dirait qu'il a deux auto-routes à la place des narines !!!

Bref, c'est une affaire qui roule. Seulement, là, j'étais pas d'humeur.

– Désolée les filles, mais en ce moment j'ai pas la tête à sauver des minus… Pour cette fois, vous ferez sans moi, d'accord ?

Et je suis partie. Olympe m'a rattrapée pour me de-mander si c'était une blague ou quoi, mais comme je ne savais vraiment pas quoi répondre, j'ai continué ma route.

***

De toute façon, c'est clairement pas ma journée. Déjà ce matin, en allant à l'école, quand j'ai croisé Samuel, un copain de Falstaff… ça a démarré sur les chapeaux de roues. Il est gentil, Samuel, et là, il avait l'air très embêté. Finalement il m'a avoué qu'il avait reçu lui aussi une lettre anonyme dans sa boîte aux lettres. J'ai voulu savoir ce qui était écrit dedans, mais il a repoussé ma question avec sa main.

– Des bêtises Popy, rien d'intéressant. Mais il y a clairement quelqu'un qui t'en veut, alors je préfère te prévenir.

Et il a filé avant que j'aie pu en savoir plus. C'est tout à fait son genre, à Samuel, de disparaître comme ça, d'un coup de vent : il est discret comme un Sioux, on ne l'entend jamais ni arriver ni repartir. En même temps, ça repose, faut avouer. Je suis restée assise sur un banc pour réfléchir et je n'ai pas vu le temps passer (d'où le retard en classe, après, et la réplique à la noix de la mère Boileau, imitée ensuite par ma copine Lucie à la récré, c'est bon là t'as tout reconstitué ou t'es perdu ?!).

Quand même, j'y comprends rien. En dehors des trois Démons de la bande des minables, les gens m'aiment bien ! Et même les Démons, je ne les vois pas faire un truc pareil, quand j'y réfléchis. D'abord parce qu'ils sont minables, avec un tout petit cerveau de minable, et aussi parce qu'eux et moi, on a toujours eu une guerre… « ouverte ». Je veux dire, un machin clair, franc : on se lance des horreurs à la figure, une prise de l'éléphant de temps en temps et c'est tout.

Mais alors… QUI ? Et à part ça, pourquoi Rosa avait cette tête enfarinée ?

Du coup, j'hésitais entre rentrer à la maison direct pour causer de tout ça à Greutch et attendre Rosa pour lui parler.

Sauf qu'on était mercredi, et que ce soir je dormais chez mon père ; et donc, ça signifiait que j'allais devoir transférer Greutch dans mes valises. La chose demandait d'être rusée comme un canard et un minimum organisée… Sans compter que, chez Papa, j'allais retrouver le tourbillon avec les frangines et la Carpe ; et ça n'arrangeait pas vraiment mes affaires.

Bon : pour Rosa, on verra plus tard. Je suis partie faire mon sac.

12

Le tourbillon

Crois-moi sur parole, ça n'a pas été une promenade de transférer Greutch. Je l'avais fourré dans un sac plastique, pensant lui faire visiter son nouvel habitat discrétos avant que la smala ne remarque mon arrivée… sauf qu'à peine j'avais posé le pied chez papa, Minus s'est jetée sur moi et m'a entraînée dans sa chambre pour que je voie sa couronne de princesse et ses colliers et ses poupées. Impossible de l'arrêter, ça ne pouvait pas attendre et d'ailleurs il y avait aussi toute sa production de dessins de la semaine, sans oublier ses soucis avec Victor qui mord.

– Il mord, Victor ?

– Oui ! Avec ses dents !

– Ben, explique-lui que tu n'es pas d'accord ! Ou alors, mords-le !

– *POPY !!!* a crié Papa de la cuisine. Tu n'as pas d'autres conseils à donner à ta sœur ?! Et viens m'aider à éplucher les patates, s'il te plaît !

J'ai pas soupiré, mais franchement c'était tout comme.

– Mais Papa, je viens d'arriver… Je peux pas me poser deux minutes, d'abord ?

– Tu te poseras après. On a les Chauffroie qui viennent dîner et je suis à la bourre. Allez viens, ma fille d'amour !

Mon père a toujours pensé qu'avec un « ma fille d'amour », il obtiendrait plus de trucs – et, bon, faut bien reconnaître que c'est pas complètement faux. J'ai posé mon sac dans l'entrée et je suis allée éplucher mes patates comme une bonne fille d'amour.

Papa, de son côté, s'est attaqué au poulet, en tentant de le traverser avec une grosse broche, mais la bestiole avait l'air coriace !... Pour éviter que son polo mauve prenne de grosses éclaboussures de poulet décédé, il avait enfilé un très joli tablier où il était écrit « *PAPA EST EN CUISINE, MANGEONS CHEZ LA VOISINE* ! »

– Les Chauffroie, c'est pas les parents de Samuel ? j'ai demandé.

– Si ! D'ailleurs, ils viennent avec lui. Ils sont très sympas – et tu savais qu'elle, elle présente la météo sur

Nationale 7 ? Une chaîne publique, hein ! il a ajouté avec un gloussement de joie. Ils m'ont prêté leur sécateur pour que je refasse une coupe au jardin, du coup je les ai invités.

C'est quand il a dit le mot « jardin » que j'ai bondi sur place, en me souvenant de Greutch qui était resté enfermé dans le sac ! J'ai baragouiné que j'avais un truc urgent à faire et j'ai libéré Greutch dare-dare.

En douce, je l'ai emmené près des fougères.

– NON MAIS ÇA VA PAS ?! il a crié, les piquants en vrac. Tu crois que ça ne respire pas, les hérissons ?!!! Tu crois que je peux passer des heures dans un sac plastique sans suffoquer ? Tu me prends pour un poisson rouge ?

Là-dessus, j'ai failli répondre que je ne voyais pas bien le rapport avec les poissons rouges, mais j'ai pensé que c'était pas tout à fait le moment.

– Je suis désolée, Greutch, j'ai murmuré. Mais parle moins fort, ils vont t'entendre.

– M'en fiche ! Je te préviens, jeune fille : encore un coup comme ça et je retourne chez Rosa !

– Quoi ? j'ai hurlé (oui, je sais c'était pas le moment de hurler mais parfois on fait ce qu'on peut).

Aussitôt, Greutch a ouvert ses tout petits yeux ronds comme des calots. Il a bafouillé quelques mots comme quoi il était fatigué et qu'il fallait vraiment qu'il dorme vu qu'il ne savait plus ce qu'il disait, et puis il s'est carapaté à toutes pattes vers le noisetier, avant de s'enfouir dans un trou sous le grillage.

– GREUTCH ! Greutch, REVIENS ! Qu'est ce que tu viens de dire ? GREUTCH, RÉPONDS-MOI !!!

RE-STOP !!!
RÉCRÉATION !

Alors là mes amis, pardon : si ce n'est pas un **ÉNORME** suspense qui vient de nous tomber sur le coin de la figure, je ne m'y connais plus ! Pour l'occase, on se refait une pause. Tu peux aller chercher un truc à boire et quelques bonbecs (mais tu me laisses les nounours à la guimauve, ce sont mes préférés !)

Bien. Reprenons nos exercices de *renforcement mentalistique*. Cette fois, ta mission si tu l'acceptes consistera à décoder un message parfaitement indécodable grâce à… ton *fluide magnétique* !

Mais avant tout – pour te donner un peu d'énergie, et aussi parce que le Popy's power c'est pas de la rigolade, répétons ensemble nos règles fondamentales.

« Je jure sur le Popy's Power de garder pour moi et moi seul les secrets qui me seront révélés ici. Et je jure aussi de ne me servir de mes super-pouvoirs que pour sauver les gens en détresse et pas pour obliger mamie à faire des trucs de dingue à son insu, même si c'est toujours très rigolo de la voir aboyer quand le facteur arrive ! »

WOUAF WOUAF

BIENVENUE

Paulette

OK, t'es concentré ? Tous tes chakras sont en éveil ?
Tu as ouvert ton troisième œil ?

Alors c'est parti !

> Raissaras-tu à lore ce qie j'écras là ? Si tu y purvuins, c'est qie tu es tris firt ! Mous il fiut me le preuvir. Poux-tu me dare camboin fent doux cint tronte conq et quotre vongt truis ?
>
> Alurs ? Truis cint dox hout ! Brivo ! Dicadummont, le Pipy's piwar est fiot poir tai !

Réussiras-tu à lire ce que j'écris là ? Si tu y parviens, c'est que tu es très fort. Mais il faut me le prouver. Peux-tu me dire combien font deux cent trente-cinq et quatre-vingt-trois ? Alors ? Trois cent dix-huit ! Bravo ! Décidément, le Popy's Power est fait pour toi !

DRIN

Hé bien, voilà : tu viens de gagner brillamment ta ceinture jaune de Popytude Mentale !

Tu te débrouilles très bien, ne change rien ! Ty es tris firt ! Triiis firt !

GGGGGG !

On rentre !

Les Chauffroie

– Bonsoir ! Tu dois être Popy ? Je suis Artie, le père de Samuel. Artie Chauffroie.

– Pardon ?

J'ai brusquement lâché le grillage, qui a fait un drôle de *schdooong* !

– Je suis le papa de Samuel. Nous venons dîner chez toi ce soir… Euh, ton père ne t'a pas dit ?

– Ah, euh, ouiii, bien sûr ! Excusez-moi Monsieur Chauffroie, j'étais un peu…

– Perdue, oui ! Ça se voit ! Tu cherches quelque chose, sous le grillage ?

– Oui ! Mon hérisson… enfin, NON ! Je cherche, euuuh… Un crayon sous le buisson… avec un motif… de hérisson !

Artie a tiré une tête comme si j'avais une crotte de nez qui pendait mais qu'il ne voulait pas que je le sache.

– Ça va ?

– Très bien oui merci ! Mais entrez, enfin donnez-vous la peine ! Papa est en haut, il fait un gâteau…

Oh là là, mais qu'est-ce que je lui raconte, moi, à l'artichaut ?!

J'ai vaguement jeté un œil vers le grillage avant de faire entrer Monsieur Chauffroie ; la boule de piquants avait bel et bien disparu ! Ah !! je l'aurais bien épilé, tiens, si je l'avais eu sous le nez !

Samuel est arrivé ensuite, avec Madame Chauffroie ; il avait l'air mal à l'aise. Et moi, franchement, je n'avais pas la tête à jouer les hôtesses… J'aurais bien voulu courir jusque chez Rosa pour comprendre le fin mot de l'histoire, sauf que maintenant que les invités étaient là, impossible de m'échapper en douce. Ça m'a fichue de mauvaise humeur, parce que je DÉTESTE ne pas pouvoir faire ce que je veux quand je veux ! Par ricochet, j'ai fusillé Samuel du regard et il s'est aussitôt mis à zyeuter ses pompes… **RHÂÂÂ**, celui-là, il a bien une tête de fils d'artichaut tiens, avec ses cheveux en pétard et ses yeux verts ! (Mais bon, plutôt vert haricot surgelé ou vert gazon de printemps, enfin un vert sympa, faut reconnaître).

– Tu proposes quelque chose à boire à ton copain, mon lapin ?

Et voilà Papa parti avec ses noms d'animaux. Je peux déjà te prédire que tout va y passer : la belette, la crevette, le poussin, le canard… **RHÂÂÂ !**

– Euh, j'ai des devoirs ! j'ai lancé, et je suis montée dans ma chambre.

Papa en est resté la bouche ouverte, mais j'ai été sauvée par P'tite Chose – hé oui ! –, qui a débarqué pile à ce moment avec son sourire mou : Papa a bien été forcé de faire les présentations et il m'a (provisoirement) oubliée. À l'étage, je me suis jetée sur le téléphone pour appeler Rosa, sauf que sa mère n'a pas voulu me la passer, soi-disant qu'elle avait une migraine. Rosa, une migraine ? C'est quoi cette blague ?!

– Mais c'est urgent, Madame Parks… Je vous assure !

– Désolée Popy, elle est vraiment patraque. Tu lui parleras demain à l'école.

J'ai raccroché, définitivement déprimée. POUR-QUOI, pourquoi est-ce que tout le monde me cache des trucs ?! Rosa, c'est ma meilleure amie ! Normalement, on se dit TOUT ! Même la fois où elle a été un peu amoureuse de son cousin alors qu'il paraît qu'il faut surtout pas, c'est à moi qu'elle l'a avoué ! On s'est aussi inventé une langue, il y a deux ans. On inversait les sons dans le mot. Par exemple, pour dire « Je m'appelle Popy » je disais : « Je m'épale Pypo » – et comme on parlait vite, personne n'y comprenait rien !

À la fin, je suis redescendue avec les invités. Plume tirait les poils du chat, Minus monopolisait l'attention d'Artie, Papa était en grande conversation avec Madame Chauffroie, P'tite Chose écoutait tout le monde et Samuel s'est levé, a foncé vers moi et m'a annoncé :

– Viens, faut que je te parle.

14

Samuel

Popy est une salle sorssière. Elle est pas normal, elle ANVOUTE tous les gens avec ses yeu. Fais atenssion à toi si tu veux pas tombé dans son pouvoir, ne lui parle plus jamais ! Et pis sa maire elle est pédé !

Samuel m'a tendu ce mot sans rien dire.

– Moi, je m'en fiche, Popy. Et je trouve ça nul. Mais je sais qu'on est nombreux à avoir reçu ce genre de message et j'ai pensé qu'il fallait que tu le saches.

– Mais c'est quoi, ce délire avec ma mère pédé ? Tout le monde sait depuis longtemps qu'elle vit avec Élodie, ça n'a jamais posé de problème ! Pourquoi maintenant ? Je comprends rien à cette histoire !!! j'ai répondu, les nerfs en pelote.

– Écoute, je crois que pour ta mère, les gens s'en fichent un peu. D'autant que c'est pas un scoop, effectivement. Pour l'histoire des yeux qui envoûtent, en revanche… y en a qui disent que c'est vrai. Et surtout, Fals le dit aussi, et comme c'est ton… Euh… ton petit copain… évidemment, ça aide pas.

Décidément. Pas rigolo, tout ça. Voilà que même Falstaff racontait des sales trucs sur moi ! J'aurais jamais dû exercer mon pouvoir sur lui ; ça, j'en étais sûre maintenant. Obliger quelqu'un à t'aimer, c'est franchement une idée de naze, Métro avait raison (oui, bon, d'accord)…

… mais je fais comment, moi, pour tout détricoter ?!

Samuel avait l'air tout engoncé dans son petit pull chic et moi j'étais affalée sur mon pouf comme une pauvre Popy abandonnée, quand Papa a passé la tête à travers la porte.

– Vous venez manger les enfants ? Y a des frites !

Il a ajouté avec un clin d'œil :

– Des frites de pommes de terre, hein !

On est descendus. La Carpe avait quitté son ordi, mais pas sa tête de Carpe, Minus rayonnait en bout de table en répétant en boucle : *C'est moi la chef-C'est moi la chef-C'est moi la chef, je suis en bout de tableuh !*, et P'tite Chose avait gardé son sourire mou. (Quoi, « Et Plume elle faisait quoi » ? Ben, elle dormait, banane ! Ça dort les bébés, à 20 heures et des patates !)

On a commencé à manger. Et là…

… là, je ne sais pas quelle mouche m'a piquée, Samuel m'énervait je crois, ou bien il m'agaçait, ou bien bref, enfin j'en sais rien, en tout cas d'un coup je me suis retournée et j'ai balancé :

– Dites, Madame Chauffroie, il est né avec les cheveux comme ça, Samuel, ou c'est venu en grandissant ?

Pas de réponse, un long blanc… mais alors plus blanc que blanc, genre poudreuse de haute montagne ! Un tas d'anges sont passés à la file indienne et finalement, c'est Samuel qui a pris la parole :

– Mais Clotilde n'est pas ma mère, Popy. Ma mère est morte il y a deux ans, tu ne t'en souviens pas ?

Et là le pire, c'est que je le savais, enfin je l'avais su, vu que ça m'est tout de suite revenu. L'enterrement, la cagnotte pour Samuel et son papa, les adultes avec leurs chuchotements navrés, Samuel tout transparent et moi qui faisais tous ces cauchemars de ma mère morte et qui me disais que ça devait être tellement, tellement affreux…

Alors bien sûr, P'tite Chose m'a regardée avec un air atterré, comme si je l'avais fait exprès, et Papa a tenté maladroitement d'enchaîner sur un autre sujet, mais j'ai bien compris à sa tête que l'information lui avait totalement échappé à lui aussi. Minus a repris des frites, la Carpe a demandé s'il pouvait quitter (enfin) la table et Samuel m'a souri, un sourire plutôt doux, mais quand même amer.

Il était plus transparent du tout, en fait.

Le secret de Rosa

J'ai attrapé Rosa devant l'école – pile au moment où elle allait passer les grilles du portail – et je lui ai lancé direct :

– Viens, faut que je te parle.

Elle m'a répondu du tac au tac :

– OK… On retourne chez moi, alors. Ils sont tous au travail, on sera pas dérangées.

On a fait tout le chemin en silence. Elle avait un air très décidé, un peu comme quand on se jure que c'est aujourd'hui qu'on va sauter du troisième plongeoir alors que la veille, rien que le deuxième paraissait vertigineux.

Une fois chez elle, sans rien me demander, elle a préparé deux gros chocolats chauds. Ensuite on s'est installées sur des poufs dans sa chambre, et elle m'a déclaré droit dans les yeux :

– Comment va Greutch ?

Tu t'en doutes, je suis restée scotchée un sacré quart de seconde avant de pouvoir enchaîner.

– Attends, mais tu… Attends, mais tu… tu connais vraiment Greutch !??

– Je connais Greutch depuis six mois environ. Et quand j'ai senti que ça commençait à aller de travers pour toi, hé ben, je te l'ai envoyé. D'abord parce que Greutch peut faire plein de choses sans être vu et aussi parce que je le trouve assez philosophe, sous ses airs piquants. Ça t'a aidée, non, de discuter avec lui ? Je ne sais pas ce que tu me caches, Popy ; mais je sais que d'habitude, si tu as un

103

souci, tu viens me voir. Alors là, comme tu n'es pas venue, je t'ai envoyé Greutch. Voilà.

« Voilà »… À l'écouter, ça semblait tout simple – sauf que je voyais bien dans son regard qu'elle avait le cerveau en vrac et le cœur idem. Quand je lui ai demandé ce qui n'allait pas, elle s'est dégonflée comme un vieux soufflé raté et a plongé les yeux dans ses chaussettes. Alors on a bu nos chocolats fumants, chacune avec notre secret lourd comme un camion, en regardant vaguement par la fenêtre.

– Si tu me dis je te dis, j'ai chuchoté tout bas sans respirer ni lever les yeux.

– D'acc, elle a répondu tout pareil.

Et on s'est re-tues.

On a re-bu une gorgée de chocolat, et on s'est re-regardées.

Et enfin, courageusement, j'ai pris une grande respiration et je me suis lancée :

– Rosa, je peux faire des trucs que tout le monde ne peut pas faire.

Elle m'a dévisagée comme si j'avais une mygale sur le front.

– MOI AUSSI !

Hein ?

Ben ça alors.

J'avais imaginé plein de trucs : qu'elle ne me croie pas, qu'elle croie que je plaisante, qu'elle me croie et soit fâchée que je ne lui aie rien dit avant, qu'elle me croie et soit fâchée à l'idée que j'aie pu la manipuler... Mais alors, ça ! Qu'elle me dise « MOI AUSSI ! », ça non, je ne l'avais pas du tout envisagé. J'ai réfléchi un poil de seconde, et puis j'ai pensé que peut-être, on ne mettait pas exactement la même chose derrière l'expression « *faire des choses que tout le monde ne peut pas faire* » ; alors j'ai ajouté :

– Non mais ce que je veux dire, c'est que j'ai un SUPER-POUVOIR !

Elle m'a juste fait un très grand sourire.

Et à cet instant, je t'assure, j'ai bien cru qu'elle allait fondre en larmes.

Elle s'est jetée dans mes bras en criant : MAIS MOI AUSSI, MOI AUSSI !!! Et ensuite, ça n'a plus du tout été possible de l'arrêter.

Elle m'a expliqué que son pouvoir à elle, c'était de faire parler les animaux : le coup de Greutch, c'était ça. Elle avait rencontré ce petit hérisson il y a six mois et elle avait entrepris d'essayer son talent sur lui, en lui apprenant à s'exprimer. Ça ne faisait pas si longtemps que ça qu'elle s'en était aperçue, de son super-pouvoir (qui est chouette mais franchement, moins que le mien, tu trouves pas ?). Elle jouait dans le jardin avec le chien de sa grand-mère, et d'un coup le labrador s'était mis à lui faire la conversation, tranquillou, naturel, quoi !

Après, elle avait testé le truc sur Bulle (son poisson rouge) – sans succès, hélas ; enfin, Bulle avait *peut-être* réussi mais comme il était dans l'eau, elle n'a rien compris à ce qu'il disait. Avec Greutch, ç'avait été une parfaite réussite. Et comme il s'était révélé non seulement un hérisson bavard, mais même un hérisson philosophe, elle me l'avait envoyé pour qu'il m'aide à démêler mon histoire de lettre anonyme. Et dis donc, à ce propos, je n'avais pas répondu à sa première question, à savoir : comment allait Greutch ?

– Ben, je sais pas : il s'est enfui hier soir et depuis je l'ai pas revu !

– Quoi ?! Enfui ? Mais Popy, c'est horrible ! Il a sûrement voulu me retrouver et il s'est perdu et peut-être qu'il s'est fait écrabouiller par un camion ! Tu sais comment ça traverse, un hérisson ?

Et elle a fondu en larmes.

16

On repart

On est retournées illico chez moi (chez moi côté Papa, pour ceux du dernier rang qui suivent pas) pour essayer de retrouver Greutch. À travers la baie vitrée, on a remarqué P'tite Chose qui était en train de repasser, même que c'était difficile de faire la différence entre sa tête et la pile de linge. Rosa m'a juste murmuré :

– Elle est vraiment très différente de ta mère, non ?

– Très. Je pense que ma mère ne sait même pas que les fers à repasser existent !

Et on a rigolé. Rosa s'est un peu calmée, à propos de Greutch : à cette heure-ci il devait probablement dormir, et puis dans le fond c'était un grand garçon hérisson habitué à se débrouiller. On était tellement contentes de se retrouver toutes les deux, que tout soit simple comme avant... on était même un peu émues, je crois. Sans compter que maintenant, en plus, on avait un *secret* à partager ! Un truc que personne au monde de la Terre ne devait jamais apprendre !

Alors, sur le chemin de l'école, je lui ai raconté le mien, de super-pouvoir. Évidemment (je m'y attendais) elle m'a demandé si je m'en étais déjà servie sur elle. J'ai dû jurer sur la tête de ma mère, mon père, mes deux sœurs et mon frère (ça, c'était moins embêtant – oh là lààà, je plaisante !) que NON, JAMAIS, MAIS NON VOYONS JAMAIS je n'avais fait ça (et c'est vrai en plus !)

La grande horloge de l'entrée de l'école nous a appris qu'il était déjà 11 heures. Rosa a soupiré en disant qu'on ne pourrait jamais aller en classe, qu'on était fichues et que ça allait chauffer pour notre matricule à la maison. Au lieu de répondre, je lui ai juste fait un clin d'œil et elle a bien compris que je lui réservais un spectacle de premier choix...

Devant madame la Directrice, nous avons pris notre air d'enfants-pour-qui-la-vie-n'est-pas-facile-mais-qui-l'affrontent-avec-courage. C'est un savant mélange entre une tête de guerrier et une tête d'enfant modèle, et en général ça marche assez bien. Ensuite, j'ai raconté à la Directrice une histoire un peu dingue (mais il paraît que plus c'est dingue, plus ça passe) pour expliquer notre retard, puis je l'ai littéralement mitraillée avec un : « *Crois-nous et ne dis rien à nos parents* ». Elle m'a écoutée jusqu'au bout, religieusement – même qu'à la fin, ça a eu l'air de la surprendre elle-même.

– Bien, mesdemoiselles. Je laisse passer pour cette fois-ci, mais attention : que ça ne se reproduise pas, nous sommes bien d'accord ?

– Oui-Ma-da-me ! on a dit en chœur en faisant les yeux papillons.

Et on a rejoint la classe. À midi, il a fallu raconter un bobard à Lucie et Olympe qui faisaient la tête parce qu'elles sentaient bien qu'on leur cachait des trucs et aussi parce que ça faisait plusieurs jours qu'on désertait un peu la bande des Justicières du Préau. Alors, pour leur montrer que tout allait vite rentrer dans l'ordre, Rosa est direct partie sermonner Kévin qui s'en était trèèès courageusement pris à un petit CP riquiqui, plus petit que son cartable. Et ensuite, pour fêter la reprise du travail, j'ai achevé ce minable avec ma Prise de l'Éléphant. Cette fois je l'ai soulevé tellement haut, le Kévin, que j'ai cru que mes doigts allaient ressortir de l'autre côté de son nez ! Les copines étaient écroulées de rire et on a bien senti qu'on était reparties dans le meilleur des mondes.

Et puis j'ai vu Falstaff, qui m'est passé devant sans me dire bonjour. Ça m'a fait comme si une main m'attrapait le cœur et l'écrasait comme une tomate mûre.

17

L'enquête se poursuit

— Il n'était pas *réellement* amoureux de toi, Popy…
C'est mieux comme ça, tu crois pas ? m'a dit Rosa, une
main sur mon épaule. Elle a ajouté en me faisant un clin
d'œil : Et puis zut à la fin, il n'a même pas fait de com-
pliments sur l'excellente confiture d'échalotes que tu lui
as offerte : ce garçon manque clairement de goût !

Bon. Au moins, maintenant, Rosa allait pouvoir m'aider — et j'en avais bien besoin. Parce que, prise dans
nos confidences et toutes ces révélations géniales sur

nos pouvoirs, j'en avais presque oublié les lettres anonymes… jusqu'à ce que la tête de Falstaff vienne me
les rappeler franchement. Elle commençait à me coller
le bourdon, cette histoire.

On est rentrées chez moi (toujours côté papa, voyons !
Tu pourrais suivre un peu !). Dans la cuisine, P'tite Chose
râpait du gruyère avec Minus accrochée à ses
jambes, et Plume pleurait dans sa chambre. P'tite
Chose n'a même pas eu le temps d'ouvrir la bouche
que je lui ai expliqué que non hélas, je ne pouvais
absolument pas m'occuper de ma petite sœur
vu qu'avec Rosa on avait un exposé à faire
sur les hiéroglyphes chinois. Rosa a failli
éclater de rire, et P'tite Chose, hé
ben… elle n'a rien dit,
comme toujours. Elle
a juste fait son

sourire on-ne-sait-pas-ce-qu'il-y-a-derrière pendant qu'on se carapatait dans ma chambre.

– Oh, je ne m'y fais pas à ta belle-mère ! Elle est trop bizarre ! Elle dit des trucs, parfois ?

– Ah non. Faut lire dans ses yeux – par exemple, là, son regard a dit : « *Ça ne m'étonne pas, Popy ; je ne peux de toute façon JAMAIS compter sur toi ! Mais je t'en prie, va, va jouer avec ta copine, car j'imagine bien que vous n'allez nullement faire vos devoirs, d'autant qu'il me semble bien que les hiéroglyphes ne sont pas du tout chinois !* »

– Ah oui… tout ça dans le regard ? s'est marrée Rosa.

– Oui, Madame ! Il y avait aussi une pointe de « *En même temps, vu la désastreuse manière dont tes parents t'ont élevée, je ne suis pas plus étonnée que ça !* »

– Arrête, on dirait la mère Boileau !

Et on a ri un bon coup. Ensuite, j'ai sorti la lettre anonyme que Samuel m'avait laissée et on a commencé à l'analyser, comme deux Expertes. Les lettres des mots avaient été tapées à l'ordinateur, découpées et collées une par une sur une feuille blanche : donc, aucune écriture au stylo.

On a décortiqué le texte et on en a déduit que le « corbeau » :

(1) était proche de moi, puisqu'il savait pour ma mère pédé et avait repéré mon super-pouvoir.

(2) m'en voulait de quelque chose, puisqu'il cherchait à me nuire.

(3) était particulièrement nul en orthographe.

– Quoique ça, c'est pas sûr, a réfléchi Rosa. Ça pourrait être pour brouiller les pistes, pour qu'on croie que c'est un enfant alors que non !

Et aussitôt, elle s'est tournée vers moi, un vent de trouille est passé dans ses yeux et elle a ajouté tout bas :

– Tu crois qu'elle t'aime *vraiment* pas, ta belle-mère ?

RE-RE-STOP !!!
RÉCRÉATION !

Je sais, je sais : ça commence à t'irriter que je te balance la coupure pub juste au moment où tes cheveux se dressent sur ton petit crâne velu… mais tu vas pas sauter la récré, quand même ??

Allez, t'inquiète, tu vas adorer. Comment ? Le super-pouvoir de Rosa ? Ah non, ne rêve pas ! Tu ne vas pas apprendre à faire parler ton chat !

En même temps, ça t'avancerait à quoi ? C'est beaucoup moins utile que le Popy's Power, crois-moi. Et puis, reconnais que tu aurais l'air un peu ridicule si tu te mettais à causer avec ton chat. Au lieu de ses habituels petits *miaous*, tu entendrais tout le temps :

– Alleeez, donne des croquettes ! Alleeez sois sympa, juste une poignée ! Tu me caresses ? Diiis, tu me caresses ? Si tu me donnes des croquettes, je te laisse regarder la télé ! Alleeeez…

L'enfer, franchement ! Donc : laisse Félix miaouter tranquille et piquer ses sprints étranges dont lui seul comprend le sens, et revenons à nos champignons.

Ce coup-ci, y a plus rien d'intéressant dans le frigo, alors profites-en pour attaquer tes cinq fruits et légumes par jour : va chercher une pomme.

Et bien sûr, on n'oublie pas de répéter les règles du **Popy's Power !**

« Je jure sur le Popy's Power de garder pour moi et moi seul les secrets qui me seront révélés ici. Et je jure aussi

de ne me servir de mes super-pouvoirs que pour sauver les gens en détresse et pas pour obliger mamie à faire des trucs de dingue à son insu, même si c'est toujours très rigolo de la voir se promener au supermarché en maillot de bain ! »

Nous voici donc à l'étape 3 de notre parcours : ton mental devient très costaud. À ce stade, tu peux tenter de t'exercer sur tes parents.

Tout d'abord, pense à un truc que tu pourrais éventuellement réussir à obtenir mais pas évident, évident. Je ne sais pas, moi… Ça peut être un jeu, aller à un concert, inviter Raymond ou Lucienne à venir dormir à la maison, aller à la boum de Raoul (rassure-moi, on appelle toujours ça une boum, le truc où on danse en mangeant des bonbecs et où on rigole pour rien du tout ?). Mais attention : pas le truc *impossible* non plus, hein ? Pour le voyage à New York, la console à 10 000 dollars ou la semaine entre copains sans adultes, va falloir attendre que ton mental soit un poil plus balèze.

Par ailleurs, le pouvoir ne fait pas tout. Il y a quelques règles de base. Par exemple, dans ta façon de formuler ta demande, je t'invite à être *finaud*. Finaud, vois-tu c'est le contraire de quand tu couines dès le retour du travail de tes parents, en leur disant :

– Mais euuuuuuh, t'avais promis euuuuuuh et puis les parents de Raymond ils veulent bien, euuuuuuux !!!

Car, tout d'abord, le parent *n'aime pas* l'enfant qui couine, sache-le ; et en prime, il n'aime pas *du tout* qu'on lui apprenne que d'autres parents ont accepté un truc que lui, il refuse. Après, il est tout crispé ; et tu ne tireras *rien* d'un parent crispé.

Il faut au contraire que tu le caresses dans le sens du poil, comme ton chat qui ne parle pas.

Mettons, par exemple, que tu choisisses d'inviter Lucienne à dormir.

Or, tu sais pertinemment que la dernière fois avec Lucienne, vous avez fait n'importe quoi et gloussé jusqu'à 2 heures du mat, ce qui a bien horripilé ton parent.

C'est donc pas gagné.

À toi de comprendre maintenant *qui* tu as en face de toi. Commence par affûter tes chakras, et ensuite, selon la personnalité de l'adversaire, tu pourras essayer diverses techniques.

123

Tu peux tenter par exemple la technique n°1, **jouer franc jeu**. Ton parent, habitué aux éternelles promesses que tu ne tiens jamais, pourrait bien en être déstabilisé.

Allez, je suis sympa, voici carrément une petite proposition de texte :

– Maman/Papa (choisis le parent le plus susceptible d'obéir au Popy's Power), j'ai très envie que Lucienne vienne à nouveau dormir à la maison. Je sais bien que la dernière fois, ça t'a énervé/e parce que (bon, là c'est à toi d'expliquer pourquoi, hein, je vis pas avec toi non plus !) ; mais pour Lucienne et moi, ce fut vraiment une superbe expérience. J'ai l'impression d'assurer pas mal en ce moment, je fais mes devoirs (bon, là tu dis tout ce que tu penses que tu fais bien), mais j'ai besoin de temps en temps de me « lâcher », de m'amuser, même si ça me fait dormir un peu tard le lendemain. Car c'est justement ça qui nous plaît ! Si par exemple c'était un vendredi soir, serait-ce envisageable ?

Là, ton parent normalement, il devrait se souvenir que *lui aussi*, il a adoré faire ce genre de truc. Au pire, tu peux

d'ailleurs le lui rappeler avec une petite question ano-
dine, du style « T'aimais pas faire ça toi, quand t'étais
enfant ? » – et là bingo, il va te raconter toutes ses pires
bêtises avec tout un tas de copains. Rigole, intéresse-toi,
aide-le à se souvenir à quel point il adorait ça…

Si ça ne marche pas, je te propose une négociation encore plus infaillible : technique n°2, « **faisons un com-
promis** ». En revanche, pour que ce soit efficace, il faut
vraiment que tu aies bien fait tes exercices, d'acc ?

Ce qui donne ceci :

– Maman / Papa : j'ai très envie que Lucienne vienne dormir à la maison. Je sais que la dernière fois, ça s'est très mal passé, aussi je te propose que l'on prenne une feuille et que l'on trace deux colonnes. D'un côté, je mets comment j'aimerais que cette soirée se déroule, et de l'autre tu donnes tes conditions ; et comme ça, on voit ce qu'on a en commun !

Tu vois, déjà, tu pars de l'idée que ça va se faire – il ne reste plus qu'à savoir quelle forme cette soirée va prendre. Et puis, d'un coup, tu as l'air très mature, et ton parent va adorer cette maturité nouvelle ! Bien sûr, n'oublie pas de céder sur quelques trucs ; engage-toi à ne pas ouvrir la bouteille de Coca dans le lit, par exemple (en même temps, reconnais que c'était pas ta meilleure idée, ça).

Si tu t'es bien débrouillé, ton parent est ferré. Il tentera peut-être une ultime négociation sur l'heure de l'extinction des feux, mais il se sera déjà ramolli comme une motte de beurre au soleil.

126

Bien entendu, avant de recourir à l'une ou l'autre de ces techniques, n'oublie pas de mitrailler ton parent à coup de troisième œil : tu auras ainsi mis toutes les chances de ton côté. En tout cas, tes progrès m'intéressent, n'hésite pas à me tenir au courant en m'écrivant à :

Popy la Tornade
Chez Mr et Mme Sarbacane
35, rue d'Hauteville
75010 Paris

NGGGGGG !

On rentre !

18

Stratégie !

– P'tite Chose ?! Tu penses *vraiment* que…

Non, ça franchement, j'avais du mal à y croire. Elle n'a peut-être pas une passion pour moi, ma belle-mère, mais de là à envoyer des lettres anonymes à mes camarades ! Rosa a réfléchi et admis qu'en effet, elle l'imaginait mal en train de traiter ma mère de pédé – et on a été prises d'un fou rire qui s'arrêtait plus.

Il fallait chercher ailleurs. Déjà, puisque Samuel avait dit qu'ils étaient plusieurs à avoir reçu une lettre anonyme, la première urgence était de récupérer tous les messages pour voir si on pouvait trouver des indices en les rassemblant. Rosa a proposé d'appeler Samuel et de s'en charger avec lui.

La journée suivante a commencé par une nouvelle mission pour les Justicières du Préau. Avec Olympe et Lucie, on a « accueilli » un nouveau qui avait visiblement très envie de jouer les brutes dans la cour de récré – il ne nous connaissait pas encore, mais il a vite compris à qui il avait à faire quand il s'est retrouvé avec mes deux doigts dans son nez :

– Écoute-moi bien, Albert ! T'es arrivé y a deux jours et déjà j'entends parler de toi ! Le petit Fred a un cerveau d'escargot, c'est vrai ; mais il a une *maladie*, le petit Fred, vois-tu ? Alors c'est pas bien malin de le traiter de « mongolien » : tu piges ou pas ?

Je lui ai envoyé toute cette tirade avec une certaine envie de le passer par-dessus le grillage, mais je me suis retenue.

– Je m'a-elle A-eu-ert ! il a répondu.

– Quoi ? je ne comprends rien !

– Lâche-lui le nez, m'a glissé Olympe, entre deux rires.

– Je m'appelle Aldebert ! Pas Albert, Aldebert ! a répété Aldebert en se frottant le nez.

– Aldebert ? Ça existe, ça ? j'ai marmonné (avant d'admettre que « Popeline », c'est pas très courant non plus). Bon, va jouer avec les gamins de ta rue et recommence pas, ou sinon je te passe par-dessus le grillage (j'avais vraiment vraiment envie).

Aldebert est parti et Lucie m'a lancé en blaguant :

– U ien ? A a onné !

Et on est allées se ranger. Rosa m'a fait un clin d'œil avant de m'annoncer, toute fière, que la récolte de lettres anonymes n'était pas mauvaise. J'ai failli pousser un cri de joie, sauf qu'on a dû se taire et monter en silence.

La journée m'a paru interminable. À la sortie, je me suis dit qu'*enfin*, on allait pouvoir faire un petit bilan. Mais au moment où j'allais demander à Rosa si on se retrouvait chez elle ou chez moi, elle m'a gazouillé, la bouche en cœur :

– À demain ma Popynette Paupiette ! Faut que je passe récupérer deux-trois lettres et ensuite j'ai rendez-vous chez le dentiste.

Et elle m'a claqué une bise éclair sur la joue avant de détaler vite fait en me criant :

– Tire pas cette tête ! Je suis pressée, mais demain on discute de tout ça ! Promis !

Je suis rentrée chez moi avec l'envie de zigouiller un ou deux Aldebert ; malheureusement, j'en ai pas trouvé. En arrivant, c'est Papa que j'ai trouvé, assis à l'ordi.

– T'as remarqué mes nouvelles lunettes ? Il te plaît, ton vieux père ? Ah tiens, puisque tu retournes chez ta mère demain, tu pourras lui demander comment on s'organise pour les vacances ?

Je m'apprêtais à lui répondre, dans l'ordre, que la monture rouge était parfaitement assortie à son polo et qu'on partirait sûrement avec Maman et Élodie chez Titi et Lolotte (leurs copines qui ont une ferme bio dans le Lubéron) quand il m'a tendu une enveloppe.

– T'as reçu une lettre, au fait ! Madame a du courrier personnel, c'est très chic… Et on dit que les jeunes générations n'aiment pas le papier !

Le cœur en tambour, je suis montée dans ma chambre, j'ai ouvert la lettre et, comme je m'y attendais, c'était encore un de ces torchons. Adressé à moi, cette fois-ci.

Tu va plu avoir d'ami Popy ! Ça va te faire les piés ! Et tu vas peut-êtr enfin arreté de croire que t'ai la plu forte !

Signé, l'inconu

19

Un peu de cool

Le mercredi, j'arrive chez Maman vers 14 heures.
C'est un moment que j'aime bien ; quand je me pose
chez elle. Y a toujours plein de coussins partout, ça sent
le vieil encens qui a brûlé la veille et surtout, *surtout*, y
a pas de cris.

Maman et Élodie vont rentrer tout à l'heure et je sais
que ça restera tout aussi calme. Elles prépareront une
purée de potiron, ou bien un gratin de topinambours
(le topinambour, en gros, c'est un vieux légume tout plein de

bosses et qui fait franchement péter, mais c'est pas mauvais au goût). Dernièrement, j'ai arrêté de les saturer de gnocchis à tous les repas parce que j'ai bien vu qu'Élodie commençait à plus trop comprendre ce qui se passait (voire à soupçonner quelque chose de louche).

Élodie, elle est encore *un poil* plus dingue que Maman. À l'époque où elle était ma maîtresse en maternelle, elle nous disait qu'elle était sorcière. Elle s'était teint les cheveux en orange carotte et elle avait installé un grand

chaudron dans la classe où elle rangeait les livres qu'elle voulait nous lire ! Moi, j'adorais essayer de deviner quel album allait sortir du chaudron au moment de l'histoire – et en vérité, on se demandait tous un peu si elle était pas vraiment une sorcière.

Ensuite, quand j'ai commencé à la voir en dehors vu qu'elle était tombée amoureuse de Maman, je l'ai trouvée sacrément chouette, comme sorcière.

Depuis deux ans, le mercredi après midi, elle participe à un « atelier BD ». Alors quand elle revient, elle a du feutre plein les doigts (et même parfois sur le nez, à force de remettre ses lunettes en place). De temps en temps, elle me montre l'avancement de sa bande dessinée, elle essaie de voir si je suis prise ou pas par l'histoire ; en clair, je lui sers de test.

Là maintenant, je « trépigne » un peu, parce que Rosa doit passer dans une heure pour l'enquête ; elle m'a dit au téléphone qu'elle avait récupéré cinq lettres en tout – c'est qu'il est très productif, ce corbeau !!! Ça me fait bizarre de penser que quelqu'un m'en veut et même me déteste. J'ai retourné mon cerveau dans tous les sens, et je vois toujours pas *qui* pourrait vouloir s'acharner sur moi comme ça. Ou alors… Métro, pour que j'arrête tout ? Ce serait vache de sa part. Et puis, il ferait pas comme ça ! Il est tout zen cool comme type, je ne le vois pas s'y prendre de cette manière pour me calmer.

Cela dit, faut bien reconnaître : ça marche ! Mon super-pouvoir, il me sort par les yeux, maintenant. J'ai l'impression que je ne sais plus rien sur rien. Je ne sais plus qui pense quoi, ni qui m'aime comment… Un peu comme si j'avais pris toutes les cartes d'un jeu et que je les avais mélangées. À force, je ne sais même plus qui j'ai manipulé ! Pourtant, c'était rigolo au début…

Tout ça me donne très envie d'être chouette avec mes vrais amis – je veux dire ceux qui m'aiment depuis *avant* mon troisième œil surpuissant.

Du coup, en attendant l'arrivée de Rosa, j'ai sorti un pot de confiture de roses tout neuf du placard et j'ai préparé une brioche dans la machine à pain de Maman. Ça c'est sûr, ça va lui plaire !

20

L'enquête piétine

En fin de compte, Rosa est arrivée en compagnie de Samuel, qui tenait à nous apporter son aide.

– Quand il était petit, il voulait être Basile Détective… Je pouvais pas l'empêcher de réaliser son rêve ! m'a dit Rosa en posant son manteau sur le lit.

Pour la confiture et la brioche, ça a été bingo ! Ils en ont repris deux fois tous les deux.

– C'est trop bon, la confiture de roses, a mâchouillé Samuel de la brioche plein la bouche. Je connaissais pas !

Ensuite, on a essuyé la table de toutes les miettes pour pouvoir étaler dessus les six lettres anonymes. Il ne manquait que celle qu'avait reçue Falstaff, mais je n'avais pas eu le courage d'aller la lui demander et personne ne s'en était chargé. De toute façon, il y avait déjà de quoi faire !

Bilan : cinq garçons et deux filles ont donc reçu des lettres par la poste. Mais ce qui est bizarre, c'est qu'à part Samuel, ils ne sont même pas dans ma classe ! Falstaff, tiens : il est dans la classe de Madame Poupée Barbie, qui est paraît-il sévère-mais-juste. Et les autres, ce sont des petits : un CM1, un CP, un CE2 et deux CE1... D'ailleurs je ne les connais MÊME PAS !

À part ça, les lettres disent toutes à peu près la même chose – dans deux d'entre elles, il est écrit que je suis une « sorcière vaudou ».

– Et Kévin, au fait... il n'a rien reçu ? Ni lui ni aucun de sa bande ? j'ai dit à voix haute en regardant fixement toutes ces lettres qui se ressemblaient.

– Non… a répondu Samuel. Mais tu sais, il a eu une réaction étrange, Kévin, quand je lui ai parlé des lettres. Il a été très agressif, comme si je l'accusais d'un truc, alors que je voulais juste savoir s'il en avait reçu une. Il a même fait comme s'il ne comprenait pas de quoi je parlais, alors que je sais très bien qu'il est au courant. Bizarre, non ?

– C'est clair. Il faudrait absolument qu'on retrouv… a commencé Rosa.

– Qu'on retrouve quoi ? a rebondi Samuel en reprenant une cuillerée de confiture.

Moi, je savais très bien ce qu'elle avait voulu dire, Rosa. Il fallait absolument qu'on retrouve Greutch. Car lui seul, avec sa taille de noix de coco et son œil de lynx, pourrait observer Kévin, ni vu ni connu, pour qu'on sache si vraiment il était dans le coup.

– Euuuh, non, non… Rien d'important, a bafouillé Rosa toute rose.

Samuel nous a dévisagées tour à tour : il avait bien compris qu'on lui cachait quelque chose.

– OK ! Je vous laisse, il a repris, un peu triste. De toute façon, j'ai rendez-vous avec mon frère.

– T'as un frère ? j'ai répondu, histoire de parler d'autre chose.

– Oui, Popy. J'ai un frère de 13 ans et ma mère est morte il y a deux ans et toi et moi on se connaît depuis le CP, mais c'est pas grave, hein : un jour peut-être, tu t'intéresseras à autre chose qu'à ton petit nombril ! Salut les filles !

Et il a filé drôlement vite, en nous laissant comme deux quiches au milieu de la cuisine. Forcément, j'en suis restée bouche ouverte et Rosa m'a observée avec un sourire qui remonte d'un seul côté.

– À mon avis, il est amoureux le Samuel…

– De qui ? j'ai répondu.

Et elle a éclaté de rire.

21

Greutch, le retour

Ben, ça ! Déjà s'il est VRAIMENT amoureux, il pourrait peut-être commencer par faire les trucs de quand on est amoureux, non ?

Je sais pas, moi… Me sourire super bêtement, devenir rose comme la confiture quand il me voit, me dire des choses chouettes sur mes yeux ou sur mon pull ou bien se prendre une porte dans la figure tellement il me regarde ! Enfin, y a plein de trucs qu'ils font, les amoureux !!!

En tout cas, pas juste me reprocher d'avoir oublié qu'il a un frère et déguerpir en claquant la porte ! Je l'ai jamais vu, son frère, moi ! (en fait si, peut-être bien que je l'ai vu à un pique-nique ou autre… je ne me rappelle plus trop).

Rosa m'a expliqué qu'il était surtout vexé, parce qu'on n'avait pas partagé nos secrets avec lui. Et que le coup du frère, c'était un peu la mousse qui fait déborder la baignoire !

En attendant, fallait qu'on retrouve Greutch fissa, d'abord parce qu'on avait besoin de lui et aussi parce que Rosa recommençait à s'inquiéter.

– JE SAIS ! elle a crié tout d'un coup (ce qui devenait une manie, je vous dis). « *Si jamais tu te perds, tu retournes dans le parc* » : c'est ce que je lui avais dit avant de te l'envoyer ! Mais comment j'ai pu oublier ça ?!

Alors, on est allées illico au parc. Il n'était pas sous le banc où je l'avais rencontré la première fois, mais on l'a débusqué assez vite derrière un grand chêne, en train de déguster une limace. Quand il a vu Rosa, il a lâché la crotte gluante et s'est précipité vers elle.

– T'es là ! il a couiné en souriant de ses petites dents blanches (mais un peu couvertes de bouts de limace).

Franchement, y a pas à dire, un hérisson qui sourit, ça fait bizarre. Presque plus bizarre qu'un hérisson qui parle. Greutch avait l'air très ému de nous retrouver. Il nous a expliqué qu'après avoir gaffé en me lançant le prénom de Rosa à la figure et couru sous le grillage (enfin, couru… gigoté des pattes, plutôt), il s'était dit qu'il était un gros naze inutile et il était venu se réfugier dans le parc en espérant qu'on vienne le chercher. Rosa lui a fait un bisou (sur la bouche, uuurk !), et moi j'ai attendu que tous ces débordements de tendresse se terminent pour exposer notre plan à Greutch.

Il a été tout de suite d'accord pour jouer les espions. Il voulait absolument nous aider et il était très touché qu'on lui fasse encore confiance.

– Ben, je lui ai dit, en même temps on n'a pas tellement le choix.

Et Rosa m'a lancé son regard sévère, celui de quand elle trouve que je ferais mieux de me taire.

Tout de suite, j'ai ajouté :

– Mais c'est sûr que tu es l'homme de la situation, enfin le hérisson… de la situation !

Rosa a levé les yeux au ciel, et ça je sais que c'est quand je la fais rire mais qu'elle veut pas le montrer.

On est allés tous les trois chez Kévin. Et pour qu'il puisse faire l'espion sans être dérangé, on a installé Greutch en douce dans le jardin de Kévin – qui est plutôt du genre grand et touffu, même que ça l'a rendu tout content, notre « hérispion ». Avant qu'on file, il a déclaré que cette fois-ci, il serait digne de la mission qui lui était confiée et qu'on pouvait dormir à pattes fermées !

– On dit à poings fermés, je lui ai expliqué.

– Laisse tomber, Popy ! m'a lancé Rosa avant de planter un nouveau baiser sur le museau de Greutch, qui s'est enfoui dans les herbes hautes en frétillant comme une sardine.

– À mon avis, il est amoureux le Greutch, j'ai glissé en tirant la langue.

Et je me suis mise à courir, poursuivie par une Rosa qui me criait que j'allais voir ce que j'allais voir, si elle me rattrapait. Mais elle m'a pas rattrapée.

Marjo

Pendant plusieurs jours, on n'a eu aucune nouvelle de Greutch. Rosa répétait qu'il fallait lui laisser du temps, moi je commençais plutôt à penser qu'il était trop occupé à batifoler dans les herbes hautes et qu'il nous avait oubliées ! Mais je n'ai rien dit pour ne pas me prendre une nouvelle giclée de regard noir.

Samuel, lui, nous évitait soigneusement depuis la dispute. Décidément, c'est sacrément compliqué les amoureux !

Bref, je n'y pensais pas trop. Avec Rosa, on avait repris à fond notre boulot de Justicières du Préau, tout en essayant en même temps d'observer les faits et gestes de Kévin.

Ce jour-là, en débarquant chez mon père, j'ai tout de suite remarqué l'ambiance… bizarre. Et pour cause, Papa m'a annoncé que Marjo venait passer trois semaines à la maison pour voir la Carpe. C'était assez soudain, comme décision ; d'habitude elle prévient un minimum à l'avance – mais là, elle avait dit à Papa qu'il y avait « un truc qui n'allait pas ». Marjo, c'est la mère de la Carpe. Elle s'habille en boubou, boit des tisanes étranges et parle très fort. En gros, c'est un peu l'opposé de P'tite Chose : quand elle est là, Marjo, on ne peut pas la rater.

Moi, je l'aime bien, mais c'est vrai qu'elle prend de la place.

On est donc tous allés la chercher avec la voiture-bus de Papa – enfin, tous sauf P'tite Chose parce que c'était l'heure de coucher Plume.

150

– HÉÉÉÉÉÉ ! Comment va, mon grand salsifis ? elle s'est écriée en voyant la Carpe. Mais qu'est-ce que t'as grandi, mon gazou !

Et après, elle a embrassé Papa sur la bouche (elle fait toujours comme ça, et elle l'appelle « Chou », aussi).

Puis ça a été notre tour, à Minus et moi : donc, moi elle a trouvé que j'étais magnifique et Minus, qu'elle était devenue une grande fille ! Bref, les trucs que disent toujours les adultes quand ils revoient des enfants qu'ils n'ont pas vus depuis long-temps… Hé oui ! Marjo, elle a beau se promener en boubou, n'empêche qu'elle dit exactement les mêmes gnangnanteries que tout le monde (elle les dit un peu plus fort, c'est tout). N'empêche, je suis toujours contente de la voir ; elle ne rentre en France qu'une fois par an et elle amène toujours un peu de folie dans ses valises et j'adore ça.

Papa l'a installée dans la chambre de Plume, qui du coup a rejoint la chambre de ses parents, vu que sinon, avec Minus, ça deviendrait un concours de *comment passer la nuit la plus pourrie de sa vie.*

Et puis quand Marjo a eu fini de s'installer, elle nous a retrouvés au salon et elle a lancé, tout en remettant en place un pan de son boubou :

— Bon, mes amis, c'est officiel : je reviens m'installer en France ! Ma mission humanitaire est partie en eau de boudin, j'en ai eu ras le bibi et j'ai décidé de quitter le Bénin ! Alors mon gazou, je crois bien que tu vas te récupérer une Maman à plein temps ! T'es content ?

La Carpe a fait une tête de truite.

RE-RE-RE-STOP !!!
RÉCRÉATION !

Je sais ce que tu vas dire : ce coup-ci, y avait pas un suspense à crever le plafond. Je te l'accorde. Mais comme tout va s'accélérer bientôt (crois-moi, il va y avoir du sport !), j'ai pensé que c'était pas mal de s'offrir une dernière petite récré… Hé oui, notre toute dernière !

Allez, pour l'occasion, je lâche une info : ta mère a planqué des bonbecs derrière les casseroles. Va voir ! Elles font toutes ça !

D'abord, notre petit rituel.

« Je jure sur le Popy's Power de garder pour moi et moi seul les secrets qui me seront révélés ici. Et je jure aussi de ne me servir de mes super-pouvoirs que pour sauver les gens en détresse et pas pour obliger mamie à faire des trucs de dingue à son insu, même si c'est toujours très rigolo de la voir débouler au bureau de Papa en tenue de super-héros ! »

Bon, au point où nous en sommes, tu as bien compris qu'être doué en négociation, c'est la clef du Popy's Power, n'est-ce pas ? Du coup, tu vas pouvoir t'attaquer à des projets plus grands ; des projets *d'envergure*, on appelle ça.

Si tu aimes voyager (et si tu t'intéresses un poil au monde qui t'entoure), tu pourrais par exemple monter un projet pour aider à construire une école au Bénin. Mais tu peux aussi fonder un journal dans ton école. Ou toute autre idée que tu as sûrement.

Tu te dis que c'est pas possible ? Tu as TORT !

D'abord, il faut que tu trouves d'autres copains, un gros tas même, et que tu leur donnes envie de t'aider, parce que ton projet à toi, tu l'aimes *d'amour* (oui je sais, tu aimes aussi d'amour Coralie ou Gilbert, mais ça n'empêche pas !) Un petit coup de Popy's Power devrait t'aider à persuader tout ce joli monde.

Ensuite, il faut que tu trouves un adulte, parce que les adultes, ça ne sert pas juste à te forcer à finir ton assiette ou à faire tes devoirs. Les adultes, ça peut aussi être UTILE – mais si, je t'assure !

Avec ton adulte et ton tas de copains, vous allez écrire le projet tout bien clair, pour pouvoir ensuite en parler à la Terre entière (là encore, affûte bien tes chakras pour aider tes idées à se rassembler efficacement : tu verras, après deux ou trois exercices de Belette Belotte, ça va dix fois plus vite !).

Ensuite, vous allez devoir trouver l'argent nécessaire. Ben oui, parce que souvent dans les projets, faut de l'argent (parfois un peu mais souvent un peu beaucoup quand même). Donc, il va falloir que tu sois inventif et patient.

Pour trouver de l'argent, y a plein d'idées possibles : vendre des gâteaux, des bracelets, des jus de fruits maison, des tableaux de nouilles (quoi, « c'est moche » ? Tu rigoles ! Les macaronis pour faire les vagues, ça donne super bien !). Bref, tout ce que vous pouvez faire avec vos petites mains.

Alors tu vois, même si ça te prend un an ou plus, ben je crois qu'à la fin tu seras sacrément fier de toi, et tu auras raison. Et inutile de te dire que tu auras atteint la ceinture noire du Popy's Power, les doigts dans le nez (oui, car c'est un lot : non seulement tu auras le pouvoir de Popy mais aussi sa force ; et la Prise de l'Éléphant n'aura plus aucun secret pour toi !)

Là encore, si tu y parviens, surtout tiens-moi au courant, parce que moi aussi je serai drôlement fière d'avoir planté cette petite graine dans ta tête ! (Écris à Popy la Tornade chez Monsieur et Madame Sarbacane, etc…)

DRINGGGGG !

On rentre !

23

La magie noire

Quand la Carpe est content, ça ne se voit pas ; mais malgré tout, il a quand même fini par répondre : « oui maman, très content ». Papa est resté figé comme un bol de gelée anglaise et P'tite Chose… ben, elle a quitté la pièce. Elle, c'est sûr, cette nouvelle ne lui a pas donné envie de reprendre deux fois des nouilles.

Pendant que toute la famille tentait de se faire à l'idée que désormais on serait sept à la maison, Rosa m'a téléphoné.

– Allô, Popy ? Faut que je te voie : Greutch est rentré !
elle a dit tout bas (ses parents devaient pas être loin).

– OK ! Rendez-vous au parc dans trente minutes ?

– D'acc, elle a répondu avant de raccrocher.

Ils m'attendaient tous les deux sur le banc (enfin, il est
tellement petit, Greutch, que de loin j'avais l'impression que Rosa
parlait toute seule).

– Alors ?!!! j'ai demandé, à peine arrivée.

– Alors… *y a du louche !* a répondu Greutch d'un air
important. Votre Kévin, il a une cabane au fond de son
jardin où il traficote des trucs bizarres. À l'intérieur, il
y a des bougies noires, des vêtements noirs, une corde
noire et… euh, une grosse tranche de lard.

– Une grosse tranche de lard ? j'ai répété, pour être
sûre d'avoir bien compris.

– Oui, il a confirmé.

– Bon, euh… Et alors ?! qu'est-ce que ça peut nous
faire qu'il mange du lard dans sa cabane ? j'ai répondu,
un peu agacée.

C'est Rosa qui a pris la parole :

– J'ai cherché sur Internet : on dirait bien que Kévin fait de la magie noire... Les ingrédients, c'est pour faire un rituel de Vengeance Noire de la Suprême Cruauté !

– Non ? C'est une blague ?! Avec du lard ???! j'ai dit en rigolant.

– Oui, avec du lard ! a répliqué très sérieusement Rosa. Et je te rappelle que dans les lettres anonymes, il est écrit que tu es une *sorcière vaudou*. Or justement, la magie noire est un rituel vaudou.

Greutch a vigoureusement approuvé, j'ai même cru qu'il allait se planter un piquant dans l'œil.

Mouais. Bon. Je ne savais pas trop quoi penser de ces informations, et franchement je trouvais ça un peu léger pour accuser Kévin. Tordu comme il était, ce pauvre garçon pouvait très bien essayer des trucs bizarres tout seul dans sa cabane sans que ça n'ait rien à voir...

On était là tous les trois en train de réfléchir à ce que l'on pouvait faire quand Samuel est arrivé – Rosa a tout juste eu le temps de pousser Greutch discrètement en dehors du banc.

– Les filles... je suis désolé, a annoncé Samuel d'un air désolé. Je sais pas ce qui m'a pris l'autre jour de partir comme ça. Vous avez le droit d'avoir vos secrets, et si je peux toujours vous aider, je suis partant. En tant qu'adjoint de Basile Détective, il a ajouté avec un demi-sourire.

– Tu tombes bien, toi ! a répondu Rosa. T'as pas été un peu copain avec Kévin, à une époque ?

– Copain, c'est pas le mot. Mais en général, j'arrive assez bien à le faire causer. On peut pas dire que ce soit une lumière, Kévin. Qu'est-ce qu'il a fait ?

– De la magie noire dans une cabane au fond de son jardin. Et on aimerait bien savoir pourquoi.

– Ça marche, je vais essayer. Mais comment vous avez su ça ?

– Ça, c'est notre secret, j'ai répondu avec un grand sourire.

Et Samuel s'en est allé, mais sans claquer la porte, cette fois-ci (en même temps, y avait pas de porte).

24

Un drôle de hasard

Chez mon père, c'était un peu du grand n'importe quoi, question organisation collective. P'tite Chose – qui faisait la tête – couchait dans le bureau de Papa. Minus – qui est pas bête – en avait profité pour dormir avec son père. De son côté, la Carpe semblait absolument perdu avec une mère à plein temps sur le dos, Marjo vivait dans à peu près toutes les pièces et Plume profitait de la pagaille générale pour becqueter les croquettes du chat. Quant à moi… Non, moi, c'était pas pareil, j'avais une enquête à résoudre.

Pas de bol, Samuel est revenu plutôt bredouille de son entrevue avec Kévin. En le voyant débarquer, notre minable gourou à la tranche de lard avait juste paniqué en disant que non non non, c'était pas lui mais son frère, et puis qu'en fait il préparait ça pour quelqu'un d'autre, et puis aussi que non mais pas du tout et d'abord de quoi tu te mêles ?! Et pour finir, il avait décrété qu'il ne parlerait qu'en présence de son avocat. Bref, son attitude était louche, certes, mais on n'était guère plus avancés…

J'ai pensé que peut-être en le torturant un peu, on pourrait le faire parler, mais Rosa m'a affirmé qu'elle était contre (quelle rabat-joie !) et qu'on devait procéder autrement. Rosa, elle veut toujours causer – alors que franchement, une bonne Prise de l'Éléphant, c'est vraiment plus efficace !

Sinon, qui est-ce que j'oublie ? Ah oui : Greutch. Ben, Greutch, il boudait parce qu'il n'avait pas du tout apprécié d'avoir été « éjecté » du banc. Ce que c'est susceptible les garçons, quand même !!!

Le soir, je me suis mise à farfouiller sur Internet pour comprendre un peu ce que c'était que cette histoire de sorcellerie vaudou. Je savais bien que ça venait d'Afrique, mais ce que j'ignorais, c'est que cela se pratiquait encore ! Et surtout…

… surtout…

… au Bénin.

Le pays d'où revenait Marjo !

À ce moment-là, pour moi, c'est devenu plus embêtant. Depuis le début, j'avais refusé de mêler les adultes à cette histoire, mais c'était trop bête de ne pas en parler à Marjo, qui pourrait franchement éclairer ma lanterne.

Alors après dîner, j'ai profité d'un instant miracle où nous n'étions que toutes les deux dans la cuisine pour lui demander :

– Dis, Marjo, tu t'y connais en vaudou, toi ?

– En vaudou ? Ah ben, plutôt ! j'ai fait une thèse sur la médecine vaudou ! Tu ne t'en souviens pas ? On en a parlé pendant une heure l'an dernier, au Réveillon ! Mais si ! Juste avant que tu vomisses les huîtres !

25

C'est lui…

Ah, faut avouer, j'avais carrément oublié (mais pas les huîtres) ! De fait, elle était calée. À partir de l'instant où j'ai prononcé le mot « vaudou », Marjo est devenue une sorte de robinet à mots. Par moments, je n'arrivais plus trop à suivre tout ce qu'elle me racontait sur les traditions béninoises, les expériences auxquelles elle avait assisté, les rituels. Je devenais même fascinée par cette bouche qui bougeait sans cesse, je la fixais au point d'être franchement hypnotisée et de ne plus rien entendre, quand une phrase m'a réveillée.

– Mais attends, je vais te chercher le livre que j'ai offert à mon Gazou l'année dernière. Il est très complet, tu vas voir.

Et elle est partie aussi vite qu'elle parlait. Elle est revenue avec un gros grimoire.

– Tiens je te laisse le regarder, faut que je monte – j'ai promis à ta sœur de lui raconter une histoire… Elle doit m'attendre, la pauvre bichette !

Et elle est repartie.

J'ai ouvert le machin. En haut des pages, il y avait des bouts de papier qui dépassaient, comme des post-it. La Carpe avait pris plein de notes, apparemment…

Sur la page consacrée à la magie blanche, il avait souligné les passages sur les sorts qui permettent d'envoûter les gens pour les attirer à soi. Oh là là… Il y avait des bouts de papier partout, des pages cornées, des notes, et même une liste de courses : bougies, épingles,

sang de lézard, graines à souhaits, herbe aux cinq
doigts, racine de Jezebel, résine
de « sang-dragon »…

Et puis une autre liste.

Oh-oh…

Une liste de noms :

Camille 5ᵉ E sœur d'Arthur CM1

Raphaëlle 5ᵉ B sœur de Freddy CP

Elvire 5ᵉ E sœur de Thelma CE1

Solal 5ᵉ C frère de Samuel CM2

Nina 5ᵉ C sœur de Falstaff CM2

Antoine 5ᵉ B frère de Margot CE1

Pablo 5ᵉA frère de Yann CE2

Enfin, à la toute dernière page, j'ai trouvé une enveloppe ; et dans l'enveloppe, des lettres de l'alphabet, découpées. Un immense tas de lettres découpées.

Quand j'ai relevé la tête, la Carpe était debout dans l'entrebâillement de la porte et il me fixait sans bouger. J'ai eu l'impression de le voir pour la première fois de ma vie. Il était devenu un grand, c'est vrai, presque un ado. Et sa peau était tellement blanche que je pouvais voir ses veines courir sur ses tempes et sur ses bras.

– Mais… Mais… c'était toi ? j'ai articulé, chamboulée.

– Oui, il a répondu sans me quitter des yeux.

Et pour la première fois depuis le début de cette histoire, j'ai eu envie de pleurer.

Je sais plus quoi faire…

Et puis la Carpe est remonté dans sa chambre comme si de rien était. Une minute après, Marjo est revenue – je lui ai très vite dit que ce livre était parfait, qu'il y avait toutes les infos que je souhaitais et je me suis sauvée dans ma chambre pour appeler Rosa. Il était tard – 21 heures – mais c'était un cas d'urgence. Coup de bol, c'est elle qui a répondu.

– Rosa… je sais qui c'est.

– Non ? Raconte ! elle a répondu avec un gloussement de plaisir.

– C'est mon frère, Rosa. C'est la Carpe qui a fait le coup.

Là, elle n'a plus gloussé du tout, j'ai même cru qu'elle était tombée de sa chaise.

– Tu… Tu rigoles, hein ? Ton frère ?! Non ! Pas lui !

– Si, j'ai répondu – et j'ai eu envie de pleurer à nouveau parce que de réaliser que c'était mon frère qui me voulait tant de mal, je trouvais ça dur à encaisser.

– Ça alors… raconte ! Comment t'as compris ?

Je lui ai fait un topo sur les dernières heures de ma vie, Marjo qui s'emballe quand on lui cause vaudou et le bouquin avec la liste de tous les gamins de mon école qui avaient reçu une lettre anonyme. Tu m'étonnes qu'on n'y avait rien compris : les destinataires avaient juste en commun d'avoir pour grand frère ou grande sœur un copain de classe de la Carpe !... Et puis bien sûr, l'enve-loppe, avec toutes ces lettres de l'alphabet prêtes à for-mer les futurs messages anonymes. Sans oublier, pour finir, les aveux de la Carpe. Pas un mot d'excuse, ni un bredouillage, rien... juste : « oui ».

– Bon, elle a repris. Et tu vas faire quoi ?

– Hé ben, j'en sais fichtre rien ! j'ai répondu.

Et c'était vrai. Qu'est-ce qu'on est censé faire quand on découvre un truc pareil ? Rien ? On se met au lit, on dort et puis on se lève le matin, on va prendre son petit déj et ensuite on part à l'école sans rien dire ? C'est compliqué, quand même.

C'est pourtant ce que j'ai fait. Enfin, sauf que j'ai pas bien dormi du tout. Toute la nuit, j'ai rêvé que la police venait à la maison pour arrêter mon super-pouvoir et le mettre en prison.

Les policiers criaient :

– Allez, Mademoiselle Popeline : faites sortir ce pou-voir de votre corps immédiatement ! C'est un ordre !

Oui d'accord, sauf que moi je pouvais pas ! Je savais pas du tout comment faire ! Un vrai cauchemar !

Au petit déjeuner, la Carpe était déjà parti au collège et Papa a trouvé que j'avais une mine de papier froissé.

Rosa m'a attendue sur le chemin de l'école et elle m'a redemandé ce que je comptais faire. Sauf que je ne savais toujours pas ! Pour moi, un ennemi, c'était un méchant qu'on n'aime pas, un nul qu'on ne peut que mépriser. Si ça avait été un minable des Démons, par exemple, je lui aurais juste dit avec un air très fier :

– Je sais que c'est toi, mon pote.

Et là, le minable aurait pris peur, il m'aurait suppliée de ne rien dire à ses parents et je l'aurais forcé à s'excuser, ensuite je lui aurais mis une petite baffe avant de lui infliger une bonne vieille Prise de l'Éléphant, mais une terrible, hein ! Devant toute l'école ! Et après, avec les copains, on lui aurait fait une vie d'enfer pour qu'il sache à qui il s'était attaqué !

Mais… mon frère ?!

27

Le grand déballage

Lorsque je suis rentrée à la maison, la Carpe était assis sur le canapé du salon. J'ai bien compris qu'il m'attendait et d'un seul coup j'ai eu très chaud partout.

– Toi, t'es une fille *formidable*, hein ? Toi, quand tu débarques, Tess court vers toi pour te montrer tous les dessins qu'elle t'a faits dans la semaine… et Lulu te tend ses bras de grand bébé ! Papa, bien sûr, il est aux anges : hop, magie, on peut même manger autre chose que ces fichus poireaux à la vinaigrette, parce qu'on prépare ce que TU aimes ! Toi, quand tu es là, le monde tourne autour de toi, TOI, TOI et ta bonne bouille et ton air de tout-va-bien ! Pour toi, la vie c'est simple, en fait ; tu passes d'une famille à une autre et t'es la reine ! Pour toi, les gentils ce sont ceux que tu aimes, et puis il y a les autres, qui n'ont AUCUN intérêt ! Tu crois que t'es une fille chouette, mais… c'est pas vraiment ça, Popy. Faut juste être *comme toi*, aimer les mêmes choses que toi, aller à cent à l'heure comme toi, sinon on n'est RIEN, dans ton joli petit monde ! T'as vu : la Carpe est capable de parler, en fin de compte ! C'est curieux hein, un poisson qui parle ! Qui fait pas juste des bulles devant son ordi ! Tiens, c'est même toi qui as un air de carpe, là tout de suite, avec tes yeux tout ronds !

Ça… je veux bien croire que je devais avoir une tête de carpe. Je crois même que pour la première fois de ma vie entière, les mots ne venaient pas. Je suis restée plantée devant le canapé, face à lui, muette. Et puis quand même, une phrase est sortie :

– Mais… pourquoi tu ne m'as rien dit ?

– Parce que j'avais envie… Non : *besoin*, j'avais *besoin* de chiffonner ce petit air supérieur que t'as tout le temps collé au visage !

– … La magie noire ? Kévin ? j'ai ajouté.

– Kévin et ses copains, ils n'en peuvent plus de toi et de tes « Justicières ». Pourquoi tu crois qu'il se comporte comme il le fait avec les petits, Kévin ? Tu ne t'es jamais dit que, peut-être, il n'était pas très bien dans ses baskets ? Qu'il avait peut-être des problèmes sérieux, chez lui ? Non, bien sûr : c'est juste un gros nul, *comme tous les gens qui sont pas comme toi* !

Je me suis écroulée dans le canapé et je n'ai plus rien dit du tout. J'ai réfléchi. Je me suis demandé si j'étais vraiment cette fille-là.

C'est sûr qu'avec mon super-pouvoir, je me suis un peu senti la reine du monde... mais c'était diablement tentant, faut dire ! Et puis Kévin, zut alors, c'est bel et bien un gros nul, ça serait vraiment difficile de penser le contraire !

Un peu sonnée, je suis remontée dans ma chambre et j'ai appelé Rosa, en songeant qu'elle au moins, elle allait me dire la vérité ! Je lui ai tout déballé, elle est restée un temps silencieuse et puis elle m'a dit :

– Non. Je suis pas d'accord avec ton frère. C'est vrai que tu as *un fort tempérament*, pour citer Madame Boileau. C'est vrai que parfois tu ne fais pas assez attention à ce qui t'entoure, mais t'es une chouette fille, pour tout ce qui compte ; sinon tu serais pas ma copine, d'abord ! Alors, si lui, il est pas bien dans sa tête, ben t'y peux rien !

Après, elle a essayé de me faire un peu rigoler parce qu'elle sentait bien que j'en avais gros sur la patate. Quand on a raccroché, il commençait déjà à faire nuit et Papa m'appelait pour le dîner.

Je suis descendue (après avoir vérifié que j'avais une tête

« potable »), et c'est là que Papa m'a demandé :

– T'as pas vu ton frère ? Il n'est pas dans sa chambre.

La disparition

On l'a cherché partout, du grenier au jardin... plus de carpe !

Papa, qui est toujours assez serein, a progressivement perdu son sourire. Il a voulu appeler les copains de la Carpe, sauf que personne ne les connaissait. Marjo s'est tournée vers moi pour me demander si je savais quelque chose... J'ai hésité deux secondes et puis j'ai dit non avec la tête. J'avais sans doute un drôle d'air mais vu la situation, personne n'a rien remarqué (ou alors, personne n'a trouvé ça étrange).

La nuit était franchement tombée, maintenant. Et il ne revenait pas.

À 22 heures, Marjo et Papa ont décidé d'appeler la police. Je suis restée silencieuse, dans mon coin… Mais quand ils ont déclaré aux policiers que la Carpe n'était apparemment pas revenu du collège, j'ai bien été obligée d'avouer que si, il était rentré, et même que je l'avais vu à ce moment-là.

– Enfin Popy, il a bien dû se passer quelque chose pour qu'il reparte ! s'est énervé Papa.

Mais je voyais pas en quoi ça nous aiderait à le retrouver si je lui racontais toute l'histoire, alors j'ai rien répondu. J'aurais tellement voulu pouvoir demander de l'aide à Rosa et Samuel… Non, c'était vraiment trop tard.

Papa est parti au commissariat pour signaler la disparition de son fils, et aussi pour faire un tour en ville au cas où il le retrouverait. Il avait l'air tout perdu, mon Papa. Il ne savait plus par quoi il devait commencer et il a regardé P'tite Chose avec une tête de petit garçon.

– Ne t'inquiète pas, elle a murmuré. On va le retrouver. S'il est rentré du collège, ça signifie que c'est juste un coup de sang. Une mauvaise nouvelle, peut-être… mais s'il lui était arrivé quelque chose, on le saurait à l'heure actuelle. Fais juste un petit détour par le parc, et va au commissariat. De toute façon tu as ton portable : si on a des nouvelles, je t'appelle tout de suite.

Elle a prononcé tous ces mots en le regardant au fond des yeux et elle l'a serré dans ses bras. Là, elle m'a soufflée… et bien.

Papa nous a dit : « À tout à l'heure » d'une voix mouillée et on s'est retrouvées toutes ensemble, que des filles d'un coup, au milieu du salon. Marjo a voulu nous faire des pâtes, mais plus personne n'avait faim. Moi, j'ai essayé d'aider P'tite Chose à coucher Minus… rien à faire, ça devait cogiter sec dans son cerveau de minus, elle se réveillait tous les quarts d'heure :

– Popy, il est où Gaspard ? Il s'est enfui pour toujours ?

– Mais non ma puce, il va revenir, t'inquiète !

– Tu crois que c'est un monstre ou alors un vampire avec plein de dents qui l'a enlevé pour l'emmener dans son nid ? Tu crois que c'est ça ?

– Non… plutôt un Martien qui veut lui faire visiter sa planète ! j'ai répondu pour la faire rigoler.

– Ou peut-être un dinosaure qui l'a mangé ?!

– Meuh non, il est tout maigre ! Les dinosaures, ils préfèrent les minus toutes potelées, j'ai rétorqué en attaquant sa cuisse gauche.

Au final, P'tite Chose a pris le relais, parce qu'à ce rythme-là, Minus était pas près de dormir.

***

Marjo tournait en rond. Je voyais bien qu'elle s'inquiétait, j'aurais voulu la rassurer, lui dire qu'en effet c'était juste un *coup de sang*, qu'il allait pas tarder à rentrer, mais ça sortait pas.

J'ai fini par aller me coucher. J'ai regardé un bon moment les lumières des voitures qui balayaient mon plafond en m'efforçant de comprendre pourquoi ça ne faisait pas toujours exactement les mêmes dessins. Et puis j'ai été réveillée en sursaut par la porte d'entrée qui claquait – j'ai passé une tête en dehors de ma chambre et j'ai vu Papa qui rentrait.

– Je n'ai rien de neuf, ma chérie. Va te coucher, on verra ça demain, il est 2 heures du matin. Va dormir, ma fille…

Sacré Gaspard !

Le lendemain au réveil, j'avais l'impression d'avoir les yeux dans les genoux, mais j'ai quand même voulu aller à l'école pour pouvoir parler avec Rosa et Samuel.

Samuel n'était pas encore au courant du résultat de l'enquête ; quand je lui ai raconté, que c'était mon frère le « corbeau », j'ai cru que sa mâchoire inférieure allait tomber sur le sol du préau.

– Ton frère ! Mais tu sais qu'il est pote avec le mien ?!

– Ben, je me suis doutée ! J'ai vu la liste de tous ceux qui ont reçu les messages et c'étaient tous des petits frères ou petites sœurs de potes à lui.

– Tu l'as, cette liste ?

– Oui ! j'ai répondu, toute fière d'avoir pensé à la prendre avec moi.

Et j'ai sorti le bout de papier de ma poche. Samuel a commencé à lire attentivement les noms.

– J'en connais quelques-uns, oui. Raphaëlle Sanva, c'est l'ancienne petite copine de mon frère. Camille et Elvire, je connais pas… Antoine Lehola, je le connais, Nina ça me dit quelque chose…

– ATTENDS ! T'as dit Antoine comment ?

– Lehola, pourquoi ?

– Son père, il serait pas prof de yoga ?

– Si, c'est possible…

– Je vous laisse ! j'ai crié avant de partir en courant.

Bon sang : Gaspard connaît le fils de Métro ! Mince alors, le monde est vraiment tout petit !

Je sais pas pourquoi, mais j'étais sûre de le trouver là-bas, mon frère. En arrivant, je me suis dit que finalement, l'école n'était pas si près que ça de l'appartement de Maman (qui est lui-même au pied du club de yoga, tu me suis, même si je cours un peu ?) ; et j'ai mis un paquet de minutes à récupérer mon souffle devant la porte de la salle de méditation.

– Ah ! J'allais t'appeler, m'a dit Métro en ouvrant.

Au fond de la salle, Gaspard était assis sur un coussin et buvait un thé.

– Un petit thé au jasmin, Popy ? a enchaîné Métro en se rasseyant. Ton frère et moi, nous étions en train de parler de son projet, comme tous les vendredis, et j'ai trouvé qu'il avait une drôle de tête. Alors, je lui ai demandé ce qui lui arrivait, et il m'a tout raconté.

– Il t'a tout… Mais… Euh… Un projet ? Quel projet ?! j'ai balbutié.

– Hé bien ! Son projet humanitaire en Inde. Il n'en a pas cinquante, je suppose !

Et il a rigolé. J'ai observé mon frère en me demandant si la Carpe, avec qui je vivais depuis dix ans, qui prononçait au mieux un mot par jour et qui se déplaçait comme une sorte de loup des steppes, était bien le garçon concentré que je voyais en face de moi.

Métro, lui, continuait à me raconter l'idée de mon frère ; il avait bien compris que je tombais de la lune. Ainsi donc, Gaspard avait monté un projet en partenariat avec Pondichéry, une ville du sud de l'Inde, pour aider à la scolarisation des enfants. Depuis six mois, il œuvrait à le mettre sur pied, il faisait tout pour motiver sa classe et ses profs, mais c'était très compliqué… et ces derniers temps, il avait un peu baissé les bras.

– Gaspard m'a raconté, pour les lettres anonymes. On peut dire qu'il est très observateur, ton frère, pour avoir su détecter tes capacités sans que personne ne lui en parle. C'est aussi un sacré don, de savoir regarder les autres, non ? a chuchoté Métro en me regardant avec son fameux sourire en angle.

C'est là que Gaspard a relevé la tête de son verre de thé avant de lancer, dans une respiration :

– Je suis désolée, Popy. Ce n'est pas ça que je voulais faire. Pas comme ça.

Métro a ponctué d'un petit signe de tête satisfait. Moi, j'ai bu mon thé au jasmin en suivant des yeux, par la baie vitrée, un moineau qui s'acharnait à attraper une miette de pain coincée dans un trou du bitume.

– T'es quand même un drôle de gars, toi ! je lui ai souri. T'aurais dû me parler ! Je me demande bien pourquoi tu l'as pas fait…

– Je sais pas, il a dit à son verre.

– Ce n'est pas si facile de se confronter à une tornade, a ajouté Métro.

Là-dessus, j'ai proposé qu'on rentre, parce que Papa et Marjo devaient être morts d'angoisse – Métro, en m'entendant dire ça, a réalisé qu'on n'avait prévenu personne et s'est jeté sur son téléphone tout en nous enguirlandant sévère (ce qui était assez étrange : on voyait bien qu'il s'énervait pas tous les jours, Métro, et ses cordes vocales avaient l'air de couiner quand il criait).

– Ils doivent se ronger les sangs ! Les pauvres…

– Oh, ça leur fera les pieds ! on a dit en chœur, Gaspard et moi.

Et on s'est regardés en se marrant parce que ça ne nous arrive jamais, de dire quelque chose en même temps.

On est rentrés chez Papa. Sur le chemin, on s'est même dit des bouts de trucs. Pas des grandes révélations comme avec Rosa ou des gros fous rires avec les copines ; non, juste des bouts de trucs. Mais quand même des chouettes bouts de trucs…

ÉPILOGUE DE LA FIN

Bon : on n'est pas non plus devenus les meilleurs amis du monde, hein, je te rassure.

Mais c'est quand même un drôle de gars, mon frère. Plutôt sympa, quand il veut. Il a beau être toujours aussi silencieux et bizarre, il m'a appris à jouer aux échecs et ça, c'est assez chouette.

Avec les Justicières, on ne s'est pas du tout calmées ; et Kévin, je peux te dire qu'il a regretté d'avoir voulu

197

me jeter des sorts avec son lard !!! Parce que même s'il a des « raisons », je trouve ça toujours aussi nul de s'en prendre à des CP quand on est au CM2 !

Quoi d'autre ?… Ah oui : Greutch. Hé ben, Greutch, il est tombé amoureux du labrador de la grand-mère de Rosa – comme quoi la parole, ça rapproche !

Voilà, je crois que c'est fini.

Non ?

Tu veux savoir... quoi ? Allez, dis.

Profites-en, va. Après, y a plus qu'une page.

Aaaah, mon super-pouvoir ! Je m'en doutais. Ben, je m'en sers toujours, mais juste pour calmer un peu la maîtresse ou manger des gnocchis quand je sature des poireaux ou des gratins de topinambours.

Et puis quand même, faut que je te dise ! Une fois, je m'en suis aussi servie pour le projet de mon frère. J'ai réussi à convaincre le maire de mettre la main à la pâte, et on a même eu un article dans le journal de la ville... sauf que dans le journal, y avait ma photo à moi au lieu de celle du frangin ! Évidemment Gaspard, ça l'a un peu énervé, mais j'y peux rien, il paraît que je suis photogénique !

Ce qui compte, c'est le résultat : et si tout va bien, il devrait pas tarder à partir en Inde pour rencontrer les élèves de Pondichéry.

Mais mon pouvoir, je ne m'en sers plus pour me faire des amoureux, ça c'est sûr ! D'ailleurs… j'en ai déjà un, d'amoureux. Et tu le connais un peu, je crois. Son prénom commence par un S.

T'as deviné ?

L'OGRE AU PULL VERT MOUTARDE
Marion Brunet
Illustrations Till Charlier

SACRÉE SOURIS
Raphaële Moussafir
Illustrations Caroline Ayrault